古都 <small>こと</small>

[日] 川端康成 著
佟凡 译

北京理工大学出版社

版权专有 侵权必究

图书在版编目（CIP）数据

古都 /（日）川端康成著；佟凡译. -- 北京：北京理工大学出版社，2022.12
（海棠花未眠：川端康成精品集）
ISBN 978-7-5763-1741-1

Ⅰ.①古… Ⅱ.①川…②佟… Ⅲ.①长篇小说—日本—现代 Ⅳ.①I313.45

中国版本图书馆CIP数据核字（2022）第182465号

出版发行 /	北京理工大学出版社有限责任公司
社　　址 /	北京市海淀区中关村南大街5号
邮　　编 /	100081
电　　话 /	（010）68914775（总编室）
	（010）82562903（教材售后服务热线）
	（010）68944723（其他图书服务热线）
网　　址 /	http://www.bitpress.com.cn
经　　销 /	全国各地新华书店
印　　刷 /	三河市金元印装有限公司
开　　本 /	880毫米 × 1230毫米　1/32
印　　张 /	5.75
字　　数 /	127千字
版　　次 /	2022年12月第1版　2022年12月第1次印刷
定　　价 /	269.00元（全6册）

责任编辑 / 李慧智
文案编辑 / 李慧智
责任校对 / 刘亚男
责任印制 / 施胜娟

图书出现印装质量问题，请拨打售后服务热线，本社负责调换

目录
CONTENTS

春花 …………………………………… 001

尼姑庵与格子门 ……………………… 018

和服街 ………………………………… 037

北山杉 ………………………………… 057

祇园祭 ………………………………… 076

秋色 …………………………………… 097

松林绿意 ……………………………… 118

深秋姐妹 ……………………………… 141

冬花 …………………………………… 155

译后记 ………………………………… 175

春花

千重子发现,古老的枫树树干上开出了紫花地丁的花朵。

"啊,今年也开花了。"千重子邂逅了春日的温柔。

这棵枫树长在城里狭小的庭院中,显得着实高大,树干比千重子的腰还粗。当然了,枫树陈旧粗糙的树皮,布满青苔的树干完全无法与千重子娇嫩清纯的身体相提并论……

在与千重子齐腰高的位置,枫树树干稍稍向右弯曲,在比千重子更高的地方,则向右弯曲得很严重。枝叶从弯曲的位置向四周伸展,覆盖住整个庭院。长长的枝干梢头因为重量而微微垂下。

就在严重弯曲的枝干下方不远处,树干上有两处向内的凹陷,分别寄生着一株紫花地丁。每年春天,紫花地丁都会开花。从千重子记事开始,这棵树上就有了两株紫花地丁。

上下两株紫花地丁相距一尺左右。青春正盛的千重子心想:"上下两株紫花地丁会相遇吗?它们是否知晓对方呢?"她所想的紫花地丁的"相遇"和"知晓"是什么意思呢?每年春天,两株紫花地丁只会开出三朵,最多五朵花。尽管如此,树上小小的凹陷处每年春天依然在发芽开花。千重子从走廊上眺望,从树根处抬头仰望,有时会被紫花地丁的生命力所打动,有时也会感受到深切的孤独。

"竟然生在这种地方,并且一直活下去……"

来到店里的客人会赞叹枫树的高大,却几乎没有人注意到紫花地丁的花朵。粗壮的树干上长着苍老的树瘤,青苔一直攀到高处,为枫树增加了一份威严和雅致。寄生在枫树上的紫花地丁完全不引人注目。

但是蝴蝶们知道。当千重子发现紫花地丁的花朵时,一群小小的白蝶正低低地飞过庭院,从枫树树干来到紫花地丁附近舞蹈。枫树上的红色小嫩芽呼之欲出,让飞舞的白蝶显得分外艳丽。两株紫花地丁的叶子和花朵也在枫树干新鲜的青苔上投下朦胧的暗影。

春暖花开,空中飘着几朵薄云。

直到白蝶们飞舞着离去后,千重子依然坐在走廊上眺望着枫树树干上的紫花地丁。她想轻轻对花儿说一句:"今年又在这种地方开得如此灿烂啊。"

紫花地丁下方,在枫树的树根旁立着一个旧灯笼。不知在什么时候,父亲告诉过千重子,灯笼腿上雕刻的立像是基督。

当时千重子说:"不是玛利亚吗?有一个和北野天神很像的大神像。"

"这是基督。"父亲肯定地说,"他手上没抱婴儿嘛。"

"啊,真的是……"千重子点了点头,然后问父亲,"我们的祖先里有基督徒吗?"

"没有,这个灯笼是花匠还是石匠带来放在这里的,不是什么稀罕东西。"

这个基督灯笼应该是过去没有禁基督教的时候做出来的吧?石头

质地粗糙松脆，浮雕像在数百年的风雨中朽烂，只能勉强看清头部身体和腿的形状。或许原本就是简单的雕刻吧。雕像的袖子很长，几乎要垂到衣服下摆处。基督似乎要做合掌的动作，不过只是胳膊附近微微隆起，看不出形状。看起来不是佛像或者地藏像。

这个基督灯笼在以前或许是信仰的象征，或许是具有异国风情的装饰品，现在只是因为老旧，在千重子家店里的庭院中，就只能和古树根为伴了。当有客人注意到时，父亲会说那是基督像。但是来买东西的客人中，很少有人会注意到高大枫树的阴影中，有一个灰扑扑的灯笼。就算注意到，也会觉得庭院里有一两个灯笼是司空见惯的事，不会放在眼里。

千重子低下头，不再去看树上的紫花地丁，而是盯着基督像。千重子上的不是教会学校，不过她喜欢英语，所以常去教堂，也看过《圣经》的《新约》和《旧约》。不过为这个旧灯笼献上鲜花或者点支蜡烛似乎并不合适，毕竟灯笼上并没有雕刻十字架。

千重子觉得基督像上的紫花地丁就像玛利亚的心。她的目光又从基督灯笼移到了紫花地丁上。然后，她突然回忆起养在古丹波壶里的金铃子。

千重子开始养金铃子时，早就发现了老枫树上的紫花地丁，那是四五年前。她在高中同学的起居室里听到金铃子叫个不停，就要了几只回来。

千重子说放在壶里养太可怜了，可是朋友回答，总比放在笼子里白白养死的好，还说有的寺庙甚至会养很多只，然后卖虫卵。看来有不少同好。

千重子的金铃子渐渐变多了,用了两只古丹波壶养它们。每年一定会在七月一日左右孵出一批新的幼虫,到了八月中旬,虫儿就开始鸣叫。

但是,金铃子始终在狭小昏暗的壶中出生、鸣叫、产卵、死亡。尽管如此,因为虫卵得以保存,所以确实比养在笼子里过完短短的一生就绝后要好。这确确实实是在壶中度过一生,可谓"壶中天地"。

"壶中天地"这个词来源于很久很久以前的中国,千重子也知道这个故事。壶中有金殿玉楼,装满了美酒和山珍海味。壶中就是所谓远离世俗的仙境,是另一个世界。这是众多仙人传说之一。

但金铃子们并不是由于厌倦俗世才进入壶中的。恐怕它们甚至不知道自己身在壶中,只是一代代继续生存下去而已。

金铃子最让千重子惊讶的一点是,有一次,她没有放入从外面带回来的雄性金铃子,只用同一只壶里的金铃子繁殖,结果生出的虫儿又小又弱,这是有血缘的亲族之间通婚的结果。为了避免这种现象,金铃子的同好者们有交换雄虫的习惯。

现在是春天,虽然不是金铃子会出生的秋天,但枫树树干上的凹陷处开出的紫花地丁还是让千重子想起了壶中的金铃子,二者并不是没有关联的。

金铃子是千重子放进壶里的,可紫花地丁是如何来到如此狭窄而艰苦的环境里的呢?紫花地丁开花了,金铃子今年也会活着鸣叫吧。

"大自然的生命?"千重子将被柔和的春风拂乱的发丝别在一只耳朵后面,在心里比较着紫花地丁和金铃子。

"那我呢?"在大自然生机勃勃的春日,只有千重子一个人看到了这两株微不足道的紫花地丁。

店里传来了动静，好像是准备吃午饭了。千重子也要准备梳妆打扮，出门约会赏花了。

昨天，水木真一给千重子打来电话，邀请她去平安神宫[①]看樱花。这半个月里，真一的一名学生朋友在神苑门口检票，真一问了他今年开花的情况。

"他看着呢，不会有比这更准确的消息了。"真一轻笑着说。真一的轻笑声很好听。

"他也会看着我们吗？"千重子说。

"他不是门卫吗？谁都要从门卫身边通过啊。"真一又短促地笑了几声，"不过要是你不乐意，我们可以分开进去，在院子里的樱花树下见面。那里的花就算是独自一人，也是看多久都看不腻的。"

"既然如此，你一个人去赏花不就好了吗？"

"好是好，但是我可不知道今天晚上会不会卜一场大雨，把花都打落了。"

"落花也别有一番风情嘛。"

"被雨打落，脏兮兮的花是落花的风情吗？落花啊，就是……"

"欺负人。"

"是谁欺负人啊……"

[①] 平安神宫：平安神宫是位于日本京都府京都市的神社，明治二十八年（1895年）为纪念桓武天皇平安迁都一千一百周年而创建。

千重子挑了一件不起眼儿的和服,走出了家门。

平安神宫因为"时代祭"而闻名。平安神宫建于明治二十八年(1895年),是为了纪念一千一百年前在京都定都的桓武天皇,神殿的历史并不算古老。不过据说神门和外殿是模仿平安京的应天门和太极殿建造的。右边有橘树,左边有樱树。昭和十三年(1938年),还在这里供奉了迁都东京前的孝明天皇。很多人在这里举行神前式婚礼①。

里面最好看的是装点神苑的一棵棵红色枝垂樱。如今可以说除了这里的樱花,再没有别的东西可以代表京都的春天了。

刚刚走进神苑入口,盛放的红色枝垂樱绚烂的色彩就盈满了千重子的心灵。她站在原地一动不动,心想:"啊,今年也见到京都的春天了呢。"

可是,要在哪里等真一呢?他还没有来吗?千重子打算找到真一之后再赏花,便走出花树丛。

真一正躺在树下的草地上,手指交叉垫在脖子下,闭着眼睛。

千重子没想到真一会躺在地上。真讨厌,明明在等年轻姑娘,却躺在地上。比起会让自己不好意思,或者觉得他没礼貌,千重子更讨厌真一躺在地上这件事本身。千重子在生活中很少见到男人躺下的姿势。

真一经常在大学的草地上和好友悠闲地枕着胳膊,或者仰面朝天

---

① 神前式婚礼:在神社的神殿内,以日本神道教为基础,所举行的婚礼仪式。

躺倒,谈笑风生。此时做出这种姿势也不为过。

另外,真一身边还有四五个阿姨摆开成套的方木饭盒,悠然自得地聊着天。真一或许是觉得阿姨们亲切,所以坐在她们身边的时候就渐渐躺倒了吧。

千重子想到这些,本想露出微笑,结果反倒脸红了。她没有叫醒真一,只是站在原地,甚至还准备离开这里……千重子毕竟没有见过男人的睡颜。

真一整整齐齐地穿着学生服,头发也细心打理过。长长的睫毛盖在眼睛上,宛若少年。但千重子没办法正视他。

"千重子。"真一叫了一声站起身来。

千重子突然怒上心头。

"在这种地方睡觉太不像样子了吧,从旁边走过的人都看着呢。"

"我没有睡着,你来的时候我就知道了。"

"欺负人。"

"如果我不叫你,你打算怎么办?"

"你是看到我来,才装睡的吧?"

"想到有一个如此幸福的姑娘走过来,我有些伤心,还有些头疼……"

"我吗?我幸福?"

"……"

"你头疼吗?"

"不,已经好了。"

"脸色不太好啊？"

"没事，已经好了。"

"你像一把名刀。"

真一这张脸偶尔会被人说像一把名刀，不过他还是第一次从千重子口中听到。

听到这句话时，真一心中燃起一股莫名的激动。

"名刀不砍人的，这里是樱花树下嘛。"真一笑着说。

千重子沿着缓坡回到回廊的入口，站在草地上的真一也跟来了。

"大家都想来看樱花啊。"千重子说。

站在西边回廊的入口，红色枝垂樱花立刻为人们染上了春色。这才是春天。一根根细长的枝条垂下，盛开的红色重瓣樱花一直延伸到枝头。与其说是一棵棵花树上开着花，不如说是枝头堆满了花丛。

"这附近，我最喜欢这些花。"千重子说完，领着真一转到了回廊外。那里有一棵樱花树，枝叶伸展得格外宽阔。真一也站在她身边看着那棵樱花树说："仔细一看，确实很女性化啊。无论是柔韧纤细的枝条还是花朵，都温柔而丰满……"

而且重瓣樱花的红色中仿佛还带着隐约的紫色。

"我以前从没有觉得樱花如此女性化，无论是颜色还是风情那般娇艳而温润。"

两人离开这棵樱花树，向水池走去。道路变窄的地方放着一张折凳，铺着红色的毛毡。客人可以坐在上面喝杯淡茶。

"千重子，千重子。"有人在唤。

旁边昏暗的树丛中，有一座名叫澄心亭的茶室，穿宽袖和服的真砂子从里面走了出来。

"千重子,你来帮帮我吧,我累坏了,要帮老师布置茶席。"

"我这副打扮,只能洗洗茶具吧。"千重子说。

"没事没事,洗洗茶具就好……快来吧。"

"我和别人一起来的。"

真砂子看到真一,在千重子耳边小声说:"你未婚夫吗?"

千重子微微摇了摇头。

"喜欢的人?"

千重子还是摇了摇头。

真一转身走了。

"来,一起进来坐坐吧,今天人很少。"

虽然真砂子出言邀请,不过千重子还是拒绝了。她追上真一问:"那是我学茶道的朋友,很漂亮吧?"

"一般漂亮吧。"

"小声点儿,她能听见。"

千重子朝站在门口目送两人的真砂子点头致意。

穿过茶室下方的小路后,能看到一片水池。岸边嫩绿的菖蒲叶亭亭玉立,还有睡莲叶浮在水面上。

这片水池周围没有樱花。

千重子和真一沿着岸边走到了有些昏暗的树下,空气中弥漫着嫩叶和湿土的清香。穿过这条短短的狭窄林荫道,眼前豁然开朗。那是一片庭院,院中的水池比刚才更加开阔。岸边的红色枝垂樱倒映在水面上,景色明丽。有外国观光客对着樱花拍照。

对岸的树丛中,马醉木也开出了朴素的白花。千重子想到了奈良。另外还有很多松树,虽然不算高大,但姿势优美。如果没有樱花,郁郁葱葱的松树会吸引人们的目光吧?不,就算是现在,松树纯净的绿意和池水也衬托得一丛丛红色枝垂樱越发鲜艳醒目。

真一先走过了水池中的踏脚石,这种石头被称为"泽渡",圆圆的踏脚石仿佛是将神社门前的牌坊切开排列起来一样。千重子稍稍提起和服的下摆。

真一回头说:"我想试试背你过去。"

"你背一个试试啊,我佩服你。"

当然,这些踏脚石就连老太太都能走过去。

踏脚石旁边也漂浮着睡莲的叶子。在即将到达对岸时,踏脚石周围的水面上倒映出小松树的影子。

"这些踏脚石的排列方式有些抽象吧?"真一说。

"日本庭院不都是抽象的吗?就像醍醐寺庭院里的桧叶金藓一样,人们兴高采烈地说什么抽象啊,充满想象啊,反而让人觉得讨厌……"

"是啊,那里的桧叶金藓确实抽象啊。醍醐寺的五重塔修缮结束,要举行落成仪式呢。去看看吗?"

"五重塔也要模仿新金阁寺吗?"

"重新刷成鲜艳的颜色了吧。虽然塔没被烧毁过……是拆掉后按照原样建造的。落成仪式刚好在樱花开得最茂盛的时候,人可多了。"

"樱花嘛,我只想看这里的红色枝垂樱。"

两人走过了稍稍靠里的几块踏脚石。

踏脚石对面的岸边松树林立,不久就到了桥殿。准确来说,是一座名叫太平阁的桥,能让人联想到"殿"的样子。桥两边也有低矮的折凳,人们在这里坐下休息,欣赏水池对岸的庭院景色。不,人们欣赏的自然是有水池的庭院。

坐下休息的人们会吃些东西,喝些饮料,还有小孩子在桥中央来回跑。

"真一、真一,这里……"千重子先走一步,用右手拍着凳子为真一占座。

"我站着就行。"真一说,"也可以蹲在你脚边……"

"随便你。"千重子猛地站起来让真一坐,"我去买给鲤鱼吃的鱼饵了。"

千重子回来后,把鱼饵扔进水池中,一群鲤鱼马上聚了过来,还有几条鱼将身体探出水面。波浪一圈圈散开,樱花与松树的影子在摇曳。

千重子边说"给你吧",边把剩下的鱼饵都给了真一。真一沉默不语。

"你头还疼吗?"

"不疼了。"

两人坐了很久,真一始终表情冰冷地盯着水面。

"你在想什么?"千重子主动问他。

"不知道,怎么说呢,人也会有什么都不想的幸福时刻吧。"

"在这种樱花烂漫的日子……"

"挺好,在幸福的小姐身边……幸福的味道传来,就像温暖的青春气息一样。"

"我幸福吗?"千重子又说,眼中突然浮现出一抹忧愁的影子。或许只是因为她低着头,池水倒映在眼中而已。

千重子站了起来。

"桥对面有我喜欢的樱花。"

"从这里也能看到啊。"

那边的红色枝垂樱格外美丽,那是株著名的花木。枝条像柳树一样垂下并散开。走在树下,若有似无的微风将花瓣吹落在千重子的脚边和肩头。

花瓣也飘落在樱花树下,漂浮在水池中,不过只有七八朵……

枝垂樱虽然有竹架支撑,但是纤细的枝头依然几乎要垂落在池中。

从层层叠叠的红色花瓣的缝隙间,能看到水池东岸树丛上方郁郁葱葱的山峦。

"那里连着东山吧?"真一说。

"是大文字山。"千重子回答。

"啊,是大文字山吗?看起来很高啊!"

"因为是透过樱花看过去的吧。"千重子说着,也站在了花丛中。

两人舍不得离开。樱花树旁铺着一层粗粒白沙,白沙右边有一片美丽的松树,在庭院中算得上高大,那里是神苑的出口。

走出应天门后,千重子说:"我想去清水那边走走。"

"清水寺?"真一的表情像是在说,多平凡的地方啊。

"我想在清水看京城的黄昏,看落日时西山的天空。"因为千重子反复强调,真一也点了头。

"嗯,走吧。"

"走着过去吗?"

路程相当远,两人却避开了车道,特意从南禅寺绕远路,穿过知恩院,从圆山公园后面沿着一条古老的小路来到了清水寺前。春日的暮霭正好降临。

清水舞台只剩下三四个女学生模样的游客,暮色中已经看不清她们的面孔了。

这是千重子最喜欢的时刻。昏暗的正殿点起了灯火。千重子直接走过了正殿舞台,没有停留,从阿弥陀堂前走进后院。

后院中也有建在悬崖上的"舞台"。丝柏树皮修葺的屋顶十分轻巧,舞台本身也小巧轻盈。不过这座舞台朝西,朝向京城,朝向西山。

城里灯光点点,天色尚且留有一丝微明。

千重子靠在舞台栏杆上眺望西方,仿佛忘记了身后的真一。真一走到了她身边。

"真一,我是个弃儿。"千重子突然开口。

"弃儿?"

"对,我是弃儿。"

真一不知道"弃儿"是不是有什么象征意义。

"弃儿?"真一小声嘟囔,"就连你都觉得自己是弃儿吗?如果你是弃儿,那我也是啊,精神上的弃儿……或许所有人都是弃儿。人的出生,不就是被神明抛弃在这个世界上了吗?"

真一盯着千重子的侧脸。夕阳的余晖隐约为她的脸颊染上一抹色彩,仿佛是春宵的忧愁。

"这不正说明我们是神的孩子吗?神舍弃了我们,再来救赎……"

但是千重子似乎没有听进去,只是俯视着黄昏时分的京城,甚至没有回头看真一一眼。

真一想把手搭在千重子的肩膀上,来抚慰她心中不知名的悲哀。千重子躲开了。

"不要碰我这个弃儿。"

"我说了,弃儿是神的孩子……"真一稍稍提高了声音。

"不是那么复杂的事情。我不是神的弃儿,只是被父母抛弃的孩子。"

"……"

"我是被扔在店外红格子门前的弃儿。"

"你在说什么啊?"

"我说真的。虽然这种事情跟你说了也没用……"

"……"

"我在清水这里眺望辽阔京城的暮色,心里会想:我真的是在京都出生的吗？"

"你在说什么啊，想法真奇怪……"

"我没必要撒这种谎嘛。"

"你不是批发商宠爱的独生女吗？是你这个独生女耽于幻想了。"

"我确实是被宠爱的。事到如今，就算是弃儿也没什么关系……"

"你有证据证明你是弃儿吗？"

"证据嘛，就是店门前的红格子门。那扇旧格子门什么都知道。"千重子的声音越发动听，"大概是我上中学的时候吧，母亲把我叫过去，说我不是她亲生的孩子，说她抢到了一个可爱的婴儿，就坐上车一溜烟儿地逃走了。但是父母稀里糊涂的，抢到婴儿的地方总是说的不一样。有时候是夜樱盛开的祇园，有时候是鸭川河滩……他们一定是觉得如果说我是被扔在店门前的弃儿，我就太可怜了，所以才编出那些话……"

"啊？你知道自己的亲生父母是谁吗？"

"现在的父母对我很好，我已经不想去找他们了。我的亲生父母恐怕已经变成仇野附近无人供养的游魂了吧，不过那些墓碑都很老了……"

西山柔和的春日暮色已经为京城的半边天染上了淡淡的红霞。

真一不相信千重子是弃儿，更别说她是捡来的孩子了。千重子的家住在古老的商店街，只要问问邻居马上就能知道真相，真一如今自然没心情查明真相。他感到迷茫，想知道千重子为什么要选在这里坦白。

可是千重子的声音如此纯净澄澈，她把真一带到清水寺来，就是为了做这番自白吗？她的声音里有一股美好的力量，似乎并不是要向真一倾诉。

千重子一定隐约感觉到了真一的爱。这番自白是为了让爱人知道自己的身世吗？在真一听来并非如此。正好相反，他觉得千重子是为了事先拒绝这份爱。就算"弃儿"是千重子编出来的故事也好……

真一在平安神宫三番两次地说千重子"幸福"，他希望这番自白只是抗议，于是试探着问："知道自己是弃儿后，你觉得寂寞吗？伤心吗？"

"不，我一点儿不觉得寂寞，也不觉得伤心。"

"……"

"只是在我请求父母供我上大学时，父亲对我说要继承家业的女儿上大学会碍事，不如好好学学怎么做生意，那个时候我有些……"

"是害怕吧？"

"是害怕。"

"你对父母会绝对服从吗？"

"是，绝对服从。"

"结婚这种事也是？"

"嗯，我现在是这么打算的。"千重子毫不犹豫地回答。

"你没有自我，没有自己的感情吗？"真一说。

"要是太自我了，反而会困扰吧……"

"所以你压抑自我,扼杀了自己的感情?"

"没有,我没有扼杀。"

"你老是说些不明不白的话。"真一轻轻笑了一声,声音有些颤抖,他探出栏杆想看看千重子的表情,"我想看看弃儿的脸。"

"天都黑了。"千重子第一次转向真一,眼中闪烁着光芒。

"好吓人……"千重子抬头看向正殿的屋顶。厚厚的丝柏树皮屋顶带着沉重昏暗的压迫感直逼过来,令人毛骨悚然。

尼姑庵与格子门 I

三四天前,千重子的父亲佐田太吉郎就躲进了嵯峨山深处的尼姑庵里。

虽说是尼姑庵,其实庵主已经超过六十五岁了。因为这里是古都,这座小小的尼姑庵也有其渊源,不过大门隐藏在竹林深处,几乎不会有人来参观,庵里一片清寂。尼姑庵偶尔会在别栋举办茶会,不过也不是什么著名的茶室,庵主有时会出门教授插花。

佐田太吉郎借住在尼姑庵的一间房子里,如今或许已经融入了这里的气氛吧。

佐田的店在中京①,是一家绸缎批发店。周围的店铺大多变成了股份制,佐田的店在形式上同样是股份制。太吉郎自然是社长,生意都交给了掌柜(相当于现在的专务或常务),不过依然留下了很多老店的风习。

太吉郎从年轻时开始就有些名家气质,而且不喜欢与人相处,完全没有开办个人染织作品展的野心。就算开成了,恐怕也会因为作品过于新奇而卖不出去。

上一代家主太吉兵卫会瞒着太吉郎观察他的作品。太吉兵卫不让

---

① 京都分上京、中京、下京三个大区,中京为其中之一。

店里的纹样师和外面雇来的画家画些赶时髦的图案。不过当他发现太吉郎不是天才,因为陷入瓶颈想要借用毒品的魔力画出怪异的友禅绸底稿时,马上把他送进了医院。

到了太吉郎这一代,店里的底稿已经变得寻常无奇了。太吉郎为此感到难过。他之所以躲进嵯峨山的尼姑庵里,也是为了获得从天而降的构图灵感。

战后,和服的图案发生了显著的变化。过去吸了毒品后画出的古怪图案现在反而被当成新鲜的抽象画。但是太吉郎已经快六十岁了。

太吉郎曾嘟囔过:"干脆果断走古典风格好了。"过去出色的作品纷纷浮现在他眼前。古代织锦和衣裳的图案、色彩纷纷涌入他的脑海。当然,他也会在京都的名园和山野中散步,画些和服图案的写生。

正午时分,女儿千重子来了。

"父亲,要吃森嘉的豆腐锅吗?我买来了。"

"啊,多谢……有森嘉的豆腐吃,我很高兴,不过你能来我更高兴。你在这里留到傍晚,帮父亲理理思路怎么样?帮我想出一幅好图案来……"

绸缎批发店的老板不需要画底稿,相反,创作会影响他做生意。

但是太吉郎就算在店里,也经常在房间尽头的窗边,面向摆着基督灯笼的中庭的一张桌子坐上半天。桌子后面有两个旧桐木衣柜,分别放着中国和日本的古代织锦。衣柜旁边的书箱里放满了各国的织锦图鉴。

深处的仓库二楼，原封不动地保存着许多能剧服装和日式罩衫，还有不少南方各国的印花布。

里面还有太吉郎的上一代店主，或者上上一代店主的收藏。不过每次开办古代织锦展，主办方希望他提供展品时，太吉郎都会冷淡地拒绝，态度顽固地表示："按照先祖的遗愿，藏品一概秘不出户。"

他们家住的是京都的老房子，要去厕所就必须穿过太吉郎桌旁的窄走廊。虽然每当有人走过时他都会皱着眉头不说话，但只要店里声音稍稍大了些，他就会怒气冲冲地大喊："能不能安静些！"

有一次，掌柜的拱手说："是大阪来的客人。"

"不买就算了，批发店有的是。"

"他是我们的老主顾了……"

"布料是要用眼睛看的，不该用嘴来买，他是没有眼睛吗？既然是做生意的，一眼就能看明白，虽然我们家的便宜货多的是。"

"是。"

太吉郎的桌子下一直到坐垫下面，都铺着一张从外国辗转得来的地毯。而且他周围还挂着南方的贵重帷幔。这是千重子想的办法，帷幔多少能隔绝一些店里的声音。千重子经常会更换帷幔，父亲每次都会感慨于千重子的温柔，然后跟她讲述那些帷幔的故事。有爪哇的、波斯的，来自什么时代，是什么样的花纹。父亲详细的解说里还有着千重子听不懂的内容。

有一次，千重子端详着帷幔说："做手袋太浪费，剪成喝茶用的小绸巾又太大，做腰带的话能做好几条呢。"

"拿剪刀来。"太吉郎说。

父亲立刻用剪刀熟练地剪开了用作帷幔的印花布。

"这条正好给你做腰带。"

千重子吃了一惊,眼眶湿润了。

"啊,父亲?"

"没事没事,说不定你系上这条印花腰带,我也能有画底稿的灵感了。"

千重子去嵯峨山里的尼姑庵时,系的就是这条腰带。

太吉郎当然一眼就看到了女儿的印花腰带,但是他没有细看。他想:作为印花布来说,大花图案华丽,颜色深浅错落,但是究竟适不适合给如花似玉的年轻女儿做成腰带呢?

千重子把半圆形的饭盒放在父亲身边说:"您先等一下再吃,我去准备豆腐锅。"

"……"

千重子直起身子,顺势转身望向门外的竹林。

"已经到竹子的秋天了。"父亲说,"土墙有的倒塌,有的倾斜,都光秃秃的了,就像我一样。"

千重子已经习惯了父亲说话的方式,并没有出言安慰,只是重复着"竹子的秋天……"这句话。

"你来的路上,樱花开得如何?"父亲轻声问。

"散落的花瓣漂浮在水池里,从远处能看到郁郁葱葱的山间还有一两棵樱花树没有凋谢,反而别有一番韵味啊。"

"嗯。"

千重子走进里屋。太吉郎听到她切葱、刨木松鱼的声音。千重子端着一套做樽源豆腐锅的工具回来了——这些餐具都是从家里带过来的。

千重子勤快地服侍着父亲。

"你也来吃一点儿吧。"父亲说。

"好，谢谢……"

父亲看着女儿从肩膀到胸脯的地方说："太朴素了。你穿的都是我画的底稿做成的衣服，说不定只有你会穿，这些东西都卖不出去……"

"我穿的都是我喜欢的衣服，挺好的。"

"嗯，太朴素了。"

"朴素是朴素……"

"年轻姑娘穿这么朴素，不好。"父亲突然严厉地说。

"可是看到的人都说好呢……"

父亲沉默了。

太吉郎现在已经将画底稿当成了兴趣或者业余爱好。批发店现在是面向大众的，掌柜为了给老板面子，也会用太吉郎画的底稿染两三块布。其中一块总是由女儿千重子主动穿上，布料是精心挑选过的。

"不用总是穿我设计的衣服。"太吉郎说，"另外，也不用净穿些店里的衣服……不需要讲究这份人情。"

"人情？"千重子吃了一惊，"我不是为了人情。"

"你要是穿得鲜艳些，说不定都找到心上人了。"父亲平时不喜欢笑，此时倒大声笑了起来。

千重子伺候父亲吃豆腐锅时，自然而然地看到了父亲那张大大的书桌，上面没有在画京都染底稿的迹象。

只是在书桌一角放着江户泥金画砚台盒，还有两张高野断片的复制品（准确地说是字帖）。

千重子觉得来到尼姑庵之后，父亲想要忘记店里的生意。

"六十岁的人了，还在练字。"太吉郎不好意思地说，"不过，藤原的假名字体流畅的线条对画底稿也是有些帮助的。"

"……"

"可惜我现在手都抖了。"

"写大一点儿怎么样？"

"我写大了，可是……"

"砚台盒上那串旧念珠是哪里来的？"

"啊，那个啊，是我硬向庵主要来的。"

"父亲会戴着它拜佛吗？"

"用现在的话来说，就是个吉祥物吧。有时我也会想衔在嘴里把珠子咬碎。"

"啊，好脏，沾了那么多年手上的污垢，肯定很脏。"

"为什么会脏？那不是二代和三代尼姑信仰的痕迹吗？"

千重子默默低下了头，觉得自己碰触到了父亲的悲伤。她把吃完的豆腐锅搬进了厨房。

"庵主呢？"千重子从厨房出来后问。

"已经回去了吧。你怎么办？"

"我在嵯峨山走走就回去。岚山现在人山人海的,我喜欢野野宫、二尊院、仇野这些地方。"

"你年纪轻轻就喜欢这些地方,前途令人担忧啊,可别像我这样。"

"女人怎么可能像男人一样呢?"

父亲站在走廊上目送千重子离开。

老尼姑没过多久就回来了,开始打扫庭院。太吉郎坐在桌前,脑海中浮现出宗达光琳的蕨叶和春日草花的画作,开始想念刚刚离开的千重子。

走到村里,父亲隐居的尼姑庵就隐没在竹林之中了。

千重子打算去仇野念佛寺拜佛,她沿着一条旧石阶爬到了左手边有两尊石佛的山崖附近,听到上方传来嘈杂的人声,便停住了脚步。

几百座荒凉的石塔中沉睡着无人供养的灵魂,最近总有衣着格外单薄的女人站在小石塔中,是摄影会之类的组织来这里照相。今天或许也有人照相吧。

千重子从石佛前走下了石阶,她想起父亲说过的话。

就算是为了避开春天岚山的游客,仇野和野野宫也确实不像年轻女孩子会去的地方,比穿着父亲设计的朴素衣服更不像年轻女孩该做的事……

"父亲在那座尼姑庵里好像什么都没干啊。"千重子心中涌起了一股淡淡的寂寞,"他数着满是污垢的旧念珠,心里究竟在想什么呢?"

千重子知道，父亲在店里经常会压抑自己的情绪，那份情绪激烈到让他想咬碎念珠的珠子。

"咬自己的手指头就好了嘛……"千重子嘟囔着摇了摇头，然后想到了和母亲一起在念佛寺敲钟的事。

那座钟楼是新建的。母亲个子小，总是敲不响，于是千重子把自己的手放进母亲的手心里说："母亲，深呼吸。"两人一起敲，钟的声音就会格外洪亮。

"这与和尚惯常的敲法不一样啊。"千重子笑着说。

她一边回忆，一边走在通往野野宫的小路上。写着"通往竹林深处"的路牌并不算陈旧，原本昏暗的小路也明亮了不少，门前的小店也在招揽客人。

但是小小的神社依然没有变化。《源氏物语》中也提到了这座神社，据说在伊势神宫侍奉的斋宫（内亲王）曾在这里斋戒三年，保持清净之身。野野宫神社因连带树皮的黑木牌坊、小篱笆墙而著称。

从野野宫前沿着田间小路走上一段后，眼前豁然开朗，正是岚山。

千重子在渡月桥前岸边的松树行道旁坐上了公交车。

"回去之后，该怎么跟母亲说父亲的事情呢……或许她已经知道了……"

中京的很多商铺在明治维新前的枪炮和火灾中烧毁了，太吉郎的店铺也没能幸免。

所以尽管附近还留着古色古香的京城红格子门和二楼的格子窗，其实历史都不超过一百年——不过太吉郎店里深处的土墙仓库并没有在大火中被烧毁……

太吉郎的店铺之所以没有改建成流行的样式，或许是因为老板的性格，又或者是因为批发店的生意不算红火。

千重子回到家后，打开格子门看向屋子深处。

母亲阿繁坐在父亲常用的桌子前抽烟。她左手撑着脸颊，弓着背，看姿势像在读书，可桌上什么都没有。

"我回来了。"千重子来到母亲身边。

"啊，你回来了，辛苦了。"母亲仿佛刚回过神来，"你父亲怎么样？"

"就那样吧。"千重子一边思考如何回答一边说，"我给他买了豆腐。"

"森嘉的吗？你父亲一定很高兴，做了豆腐锅？"

千重子点了点头。

"岚山怎么样？"母亲问。

"人可多了……"

"你父亲把你送到岚山了吗？"

"没有，庵主不在……"然后千重子回答，"父亲在练字呢。"

"练字啊。"母亲没有露出意外的神色，"练字能静心，挺好，我也练过。"

千重子偷偷看着母亲白皙高雅的面孔，却没有看出她的想法。

"千重子，"母亲轻轻叫了一声，"千重子，你要是不想继承这家店也可以……"

"……"

"你要是想嫁人,就去吧。"

"……"

"你听明白了吗?"

"为什么要说这种话?"

"我不是随口说说的,我也五十岁了,是深思熟虑后才说的。"

"干脆不要做这份生意了吧?"千重子漂亮的眼睛里盈满泪水。

"别说这种没谱的话……"母亲微微笑了一下。

"千重子,你说咱家的生意不做也好,是认真的吗?"

母亲的声音不高,却突然严肃起来。千重子刚才看到的微笑难道是错觉吗?

"我是认真的。"千重子回答,一股疼痛贯穿了胸膛。

"我不是生气,你不要露出那副表情。你很清楚,有话敢说的年轻人和听到这些话的老人谁更寂寞吧?"

"母亲,请原谅我。"

"没什么原谅不原谅的……"这次,母亲依然微微笑着,"这和我刚才和你说的不一样啊……"

"我也是,糊里糊涂的,自己都不明白说的是什么。"

"人啊——女人也一样,最好能将自己说的话坚持到底。"

"母亲。"

"你在嵯峨山也跟你父亲说过一样的话吗?"

"没有,我什么都没和父亲说……"

"这样啊,和他说说看吧,告诉他……男人可能会生气,不过他心里一定会高兴的。"母亲用手抚着额头,"我坐在你父亲的桌子前面，想的都是你父亲的事。"

"母亲，你都知道的吧？"

"你说的是什么？"

母女二人一时间都沉默了。最后，千重子受不了了，开口道："我去锦市场看看晚饭要准备什么。"

"好，那就麻烦你了。"

千重子起身向店铺走去，来到土间。这个房间原本是细长的一条，一直通往里间。店铺对面的墙上摆着一排黑炉灶，用来当厨房。

现在已经不用炉灶了。炉灶里面装着煤气灶，铺上了地板。京都的冬天很冷，要是像以前那样刷一层灰浆前后通风，会冷得受不了。

不过灶台没有拆（很多人家都留下了灶台），或许是因为灶君——灶王爷信仰在民间很普及吧。灶台后面供奉着镇火符，还摆着布袋神。布袋神一共有七尊，每年初午①，人们参拜伏见稻荷神社时都会买一尊，如果家里有人去世，就要从第一尊开始重新供奉。

千重子家的店里，七尊神像都在。家里只有父母和女儿三个人，在这十余年里没有人去世。

一排灶神旁边放着白瓷花瓶，每隔两三天，母亲就会为花瓶换水，仔细擦净架子。

千重子挎着买菜篮出门时，看到了一个年轻男人，和她擦肩而过走进格子门。

---

① 初午：二月第一个午日（稻荷神社的庙会）。

"是银行的人吧。"

对方似乎没有注意到千重子。

既然是经常来的年轻银行职员,千重子觉得不用太担心。可是她的脚步变得沉重,靠近店门口的格子门,用指尖划过一根根格子向前走。

走到格子门的尽头,千重子又转身抬头看了一眼店铺。

她看到了二楼的格子窗前的招牌,上面盖着小巧的屋檐,这是老店的标志,又像装饰。

春天和煦的斜阳照着招牌上陈旧的金字,光泽暗淡,看起来反而显得凄凉。店门口的厚棉布门帘褪色发白,纹理粗糙。

"唉,现在平安神宫的红色枝垂樱开得正好,我的心却如此寂寞。"千重子加快了脚步。

锦市场和平时一样人头攒动。

当她回到父亲的店铺附近时,看到了一名白川女①。她主动开口说:"也上我家来一趟吧。"

那姑娘说:"好,多谢。小姐您回来了啊,我来得正是时候。您去哪儿了?"

"锦市场。"

"辛苦了啊。"

"我想要供奉神的花……"

---

① 白川女:京都的卖花女。

"哎，多谢惠顾……您看看有没有喜欢的。"

说是花，其实是杨桐。说是杨桐，其实是嫩叶。白川女每个月一号和十五号都会送来。

"今天小姐在家，真好。"白川女说。

千重子挑选长满嫩叶的小树枝时也很有精神。她单手捏着杨桐走进房间，声音开朗地叫了一声："母亲，我回来了。"

千重子打开了半扇格子门，看着街道。见卖花的白川女还在街上，她便叫了一句："来家里歇歇脚吧，我给你泡杯茶。"

"哎，多谢，您总是这么亲切……"姑娘点了点头，然后举着一把野花走进土间，"都是些不起眼儿的野花野草……"

"谢谢。你还记得我喜欢野花啊……"千重子看着她手中的野花。

走进大门，灶台前有一口老井，上面盖着竹子编的井盖。千重子把花和杨桐放在盖子上说："我去拿把剪刀来，对了，杨桐叶得洗洗才行……"

"我这儿有剪刀。"白川女弄响了剪子说，"您家的灶台总是这么干净，我们这些卖花女都很佩服。"

"我母亲有洁癖……"

"我以为是小姐……"

"……"

"最近有不少家里的灶台呀、花瓶呀、水井呀，都积满了灰尘，不怎么干净，所以我们这些卖花女渐渐都不想去了。到你们家里来，我就很安心，很高兴。"

"……"

千重子没办法告诉白川女，家里关键的生意正一天天萧条下去。

母亲依然坐在父亲的书桌后面。千重子叫母亲来厨房看自己从市场上买回来的东西。母亲看着女儿从篮子里一一取出的东西，觉得这孩子也学会节俭了。不过也有父亲去了嵯峨山的尼姑庵，现在不在家的缘故……

"我也来帮忙吧。"母亲站在厨房里说，"刚才进来的是常来的卖花女吗？"

"对。"

"嵯峨山的尼姑庵里有你送给父亲的画册吗？"母亲问。

"不知道，不过我没看见……"

"他只把你送给他的书带去了啊。"

那是一本收藏了保罗·克利、马蒂斯、夏加尔及更加现代的画家作品的抽象画集。千重子买给了父亲，希望能帮他激发出新的灵感。

"咱们家店啊，就算你父亲不画底稿也可以的。只需要看看别处染好的布料，进货来卖就好了。虽然如此，但你父亲那个人……"母亲说。

母亲接着说："可是啊，千重子，你总是穿着你父亲设计的和服，我还没有谢谢你呢。"

"道什么谢啊……我不过是自己喜欢才穿的。"

"你父亲看着你的和服和腰带，不会觉得太素了吗？"

"母亲，虽然有些朴素，不过仔细看看还是很有韵味的嘛，还有人夸我呢。"

千重子想起父亲今天也说过一样的话。

"虽然漂亮的姑娘有时候反而适合朴素的衣服,不过……"母亲掀开锅盖,用筷子戳了戳炖煮的食物说,"你父亲要是画些华丽、流行的图案不就好了嘛。"

"……"

"你父亲以前画过不少特别华丽、特别新奇的图案呢……"

千重子点了点头:"你不穿父亲设计的和服吗?"

"我已经上年纪了……"

"说什么上年纪了,你才多大嘛。"

母亲只是说:"的确是上了年纪嘛。"

"那位被指定为无形文化财产的小宫先生,他的江户碎花布料,年轻人穿上反而显眼,路过的人都会回头看呢。"

"小宫老师那么厉害的人,你父亲怎么能和人家相提并论。"

"我父亲从精神大海的海底……"

"别说这些难懂的话。"母亲皱了皱那张有京都风情的白皙面孔,"不过千重子啊,你父亲说要给你做一件光彩夺目的衣服在婚礼上穿……我从很久以前就开始期待了……"

"我的婚礼?"

千重子的脸色有些阴沉,一时没有说话。

"母亲,你活了这么多年,遇到过几次惊心动魄的事?"

"这个啊,我以前或许也说过,就是和你父亲结婚的时候,还有和你父亲一起抢过还是婴儿的你逃走的时候。我们抢过你坐着车就逃走了,虽然已经是二十年前的事情了,可是现在想起来,心还一个劲儿地跳呢。千重子,你把手按在我胸口试试。"

"母亲,你说过我是个弃儿吧?"

"不是不是。"母亲使劲摇了摇头。

"每个人在一生中,都会做上一两件可怕的坏事啊。"母亲接着说,"比起抢钱偷东西,抢别人的婴儿罪孽更加深重,说不定比杀人还严重。"

"……"

"你父母估计伤心得快疯了吧。一想到这里,我现在还有想把你还回去的冲动,可是已经还不回去了。要是你说想要去找亲生父母,那我也没办法……不过我说不定会去死……"

"母亲,不要再说这样的话了……我的母亲只有你一个人,我一直是带着这样的想法长大的……"

"我明白。正是因为这样,我的罪孽才更加深重啊……我和你父亲已经做好准备要下地狱了。地狱算什么,比得上这辈子有个可爱的女儿吗?"

千重子看着语气激烈的母亲,泪水顺着母亲的脸庞流了下来。千重子也眼泛泪光:"母亲,你告诉我实话,我是弃儿吗?"

"不是,我都说了不是……"母亲又摇了摇头,"千重子啊,你为什么这么相信你是弃儿呢?"

"我想不到父亲和母亲会去偷别人的婴儿。"

"我刚才不是说过了嘛,人这一辈子,都会做上一两件惊心动魄的、可怕的坏事啊。"

"既然如此,你们是在哪里抢到我的呢?"

"夜樱盛开时的祇园。"母亲流利地说,"我以前好像告诉过你,我坐在樱花树下,一个可爱的婴儿躺在那里看着我,笑得像花儿一样灿烂。我情不自禁地把她抱起来,一抱起来就心里一紧,再也放不下了。我蹭了蹭她的小脸,看着你父亲的脸。我们两个人说,阿繁,我们把这孩子偷走吧。什么?阿繁,逃吧,快逃。后来的事就像在做梦一样。我们好像是在卖芋棒①的平野屋前坐上了车,飞快地跑了……"

"……"

"婴儿的母亲应该是到别处去了,我们趁她不在偷了你。"

母亲的故事没有不合理的地方。

"这就是命运……然后啊,你就成了我们家的孩子,都过去二十年了不是吗?这事对你来说究竟是好还是坏呢?就算是好的,我也总会双手合十,放在胸前祈求宽恕,你父亲也是一样的吧。"

"太好了,母亲,我觉得这样真是太好了。"千重子用双手捂住了眼睛。

自己是捡来的孩子也好,是抢来的孩子也好,千重子在户籍上都是佐田家的亲生女儿。

当父母第一次向她坦白,说她不是他们的亲生女儿时,千重子的感受完全不真实。当时她在上中学,甚至怀疑是不是自己做了什么让父母不高兴的事,才让他们说出了这样的话。

---

① 芋棒:京都的特产,煮芋头和干鳕鱼做的小吃。

或许父母是害怕千重子从邻居口中听到事实，才率先向她坦白的吧。或许他们坚信千重子对父母的爱，觉得她已经到了明白事理的年纪。

千重子着实大吃了一惊，但是并没有觉得太伤心。就算到了青春期，她也没有为此事过于烦恼。也许是千重子的性格使然，她对太吉郎和阿繁的爱和亲近没有变，也没有费尽心思让自己不要拘泥于此事。

可是，既然她不是父母的亲生女儿，那么自己的亲生父母就应该在别处，说不定还有兄弟姐妹。

"虽然没有想见他们……"千重子想，"不过他们的生活一定比这里辛苦吧。"

千重子同样对此事毫无感触，而旧格子门深处店铺里那对父母的悲伤却渗入了她的心扉。

在厨房里，千重子之所以用手捂住眼睛，同样是因为这份悲伤。

"千重子，"母亲阿繁的手搭在女儿肩上晃了晃，"你不要再问以前的事了，世上总会有些不知道掉落在何处的宝玉。"

"宝玉，漂亮的宝玉。要是这颗宝玉能打磨成母亲的戒指就好了……"千重子说完，手脚麻利地干起活来。

吃完晚饭收拾完，母亲和千重子来到了里屋的二楼。

外屋有格子窗的二楼天花板很低，是小伙计们住的简陋房间，可以穿过中庭的横廊通向里屋的二楼，从店里也能过去。里屋二楼有时会用来招待老主顾，也会让他们借宿。现在，大部分客人都会在能看到中庭的客厅谈生意。虽说是客厅，其实一直从店铺通向里屋，两侧的架子上堆满了布料。因为房间长而宽敞,方便展开布料让客人观赏,一年到头都铺着藤席。

里屋二楼的天花板很高,有两间六叠①大的房子,是父母和千重子的起居室兼卧室。千重子坐在镜子前解开头发,长长的头发梳得很整齐。

"母亲。"千重子叫了一声纸拉门对面的母亲,声音中包含着各种情绪。

---

① 叠:日本面积单位,为一张榻榻米大小,一叠约为1.62平方米。

和服街

作为一座大城市，京都绿树成荫，景色优美。

就算不提修学院离宫，以及御所的松树林和古寺宽阔庭院中的树林，木屋町和高濑川沿岸、五条堀川沿岸的一排排垂柳也会立刻吸引住游人的目光。那是真正的垂柳，绿色的枝条那般柔软，几乎要碰触到大地。北山的赤松也连成了一条柔和圆润的曲线。

尤其是正值春天，能看到东山的嫩叶绿得层次分明。若是碰上晴天，还能看到比叡山的叶色鲜嫩欲滴。

树木的美丽成就了城市的魅力，同样得益于城市的卫生做得足够到位。就连走进祇园深处的昏暗小路，夹在一排排古色古香的小巧房屋之间，路面同样一尘不染。

做和服的西阵附近同样如此。就算走进那些看起来很寒酸，小店鳞次栉比的街区，道路都不显得肮脏，小格子门窗上也没有积灰。植物园之类的地方同样如此，路上不会散落着纸屑。

植物园中有美军建造的宿舍，日本人原本不得入内，不过现在军队撤离，植物园又恢复了原状。

西阵的大友宗助喜欢植物园里的一条林荫道，那是一条樟树林荫道。樟树不算高大，道路也不算长，不过他经常在那里散步，樟树发芽的时候同样会去……

他会在织布机的声音中想："那些樟树不知道怎么样了，总不会被占领军砍倒吧？"

宗助期待着植物园重新开放的那天。

他习惯于在走出植物园后，顺着鸭川河岸继续散步到上游，有时也会去北山看看，大部分时候是独自一人。

就算去植物园和鸭川，宗助最多也只会走上一个小时左右。不过他很怀念散步的日子，此时也正在回想。妻子叫他："佐田先生来电话了，是从嵯峨山那边打来的。"

"佐田先生？从嵯峨山打来的？"宗助向账房走去。

织布店老板宗助比批发商佐田太吉郎小四五岁，不过就算不提生意上的交往，两人依然很合得来，年轻时也有过一段可以称为"损友"的时光，不过最近多少有些疏远了。

"我是大友，好久不见……"宗助接过电话。

"啊，大友。"太吉郎的声音和往常不同，带着些兴奋。

"你去嵯峨山了啊？"宗助问。

"我躲在嵯峨山的一座尼姑庵里呢。"

"您这副样子还真是蹊跷。"宗助故意用上了彬彬有礼的语气，"尼姑庵也有各种各样……"

"没有，就是真正的尼姑庵……只有上了年纪的庵主一个人……"

"那挺好。只有庵主一个人，你可以和年轻姑娘……"

"别瞎说。"太吉郎笑了，"今天啊，我是有事要拜托你。"

"好，好。"

"一会儿可以上门拜访吗？"

"欢迎之至。"宗助有些疑惑，"我可走不开，你在电话里也能听见织布机的声音吧。"

"确实是，真怀念啊。"

"你说什么呢，要是机器停了就不得了了。我和你可不一样，能躲在尼姑庵里。"

佐田太吉郎坐车到达宗助的店里时，才过去不到半个小时。他两眼放光，立刻打开包袱皮，展开一幅底稿说："这个想拜托你……"

"哦？"宗助看着太吉郎的脸，"是腰带吧。这图案对你来说够新颖，够华丽的啊。嘿，是给藏在尼姑庵里那姑娘的……"

"你又来了，"太吉郎笑了，"是给我女儿的。"

"嘿，等我织好了，小姐一定会大吃一惊吧？最关键的是，她会系这种腰带吗？"

"其实啊，千重子给我送了两三本厚厚的克利画集呢。"

"克利，克利是谁？"

"好像是什么抽象画的先锋画家。都说他的作品温柔高雅，如梦似幻，都打动了我这个日本老人的心啊。我躲在尼姑庵里一遍遍地看，结果就画出了这样的图案，和日本古代的织锦截然不同吧？"

"是啊。"

"我不知道能做出什么样的东西来，就想让你帮我织一条看看。"太吉郎的兴奋似乎还没有平息。

宗助长久地盯着太吉郎画的底稿。

"嗯，不错。颜色搭配也好……不错嘛，虽然对你来说是从没做过的新鲜图案,不过还挺素雅,应该挺难织的。我试着用心织一条看看吧,里面会充满小姐的孝心和父亲的慈爱。"

"多谢……最近人们动不动就把灵感啊、品位之类的挂在嘴边,估计以后就连配色都要赶西方的时髦了。"

"那种东西可不高级。"

"我这人最讨厌用洋文起名的颜色了。明明日本从古代王朝开始,就有那么多难以言喻的优雅色彩。"

"就是,说到黑色就有各种各样的啊。"宗助点了点头说,"话虽如此,我今天还在想,做腰带的人里也有伊津仓先生那样的人……他的店是西式的四层小楼,用的是现代工业。西阵多半也会变成那样吧。每天能织出五百条腰带呢,员工做上一段时间就能参与经营,平均年龄才二十多岁。像我们家这种用手工织布机的家庭作坊,过不了二三十年,一定都会消失吧?"

"说什么傻话……"

"就算能保留下来,也会变成无形文化财产之类的东西吧?"

"……"

"像你这样的人,都开始知道克利什么的了。"

"他叫保罗·克利,我躲在尼姑庵里,花了十天半个月,不分昼夜地研究他呢。这条腰带的图案和颜色运用挺纯熟的吧?"太吉郎说。

"很纯熟,有日式的优雅。"宗助急忙说,"不愧是佐田先生,我一定织出一条漂亮的腰带。版型也要打好,要仔细打。对了,比起我自己,还是让秀男来织的好。他是我的长子,你知道的吧?"

"嗯。"

"他织出来的布比我织的针脚细密。"宗助说。

"嗯,都交给你了,你挑好的来,其实我们家批发店大部分还是卖到小地方去的。"

"你这说的哪里话。"

"这条腰带不是夏天用的,是秋天用的,不过还是要请你尽快……"

"好,我知道。这条腰带配什么和服?"

"先考虑腰带吧……"

"你家是做批发的,和服轻轻松松就能挑出好的……这种事怎样都好办,不过,你也要为小姐结婚做准备了吗?"

"不不不。"太吉郎脸红了,好像要结婚的是他自己一样。

人们都说西阵的手工织布机很难传下三代。也就是说,手工织布是一门工艺,就算父母是出色的织布工,有一门好手艺,也不一定能传给孩子。就算儿子不因为父母手艺好而偷懒,自己专心学习,也不一定能把手艺学到手。

不过也有另一种情况。孩子长到四五岁,先让他们练习缫丝。然后到了十二岁左右才开始学习织布,过不了多久就能胜任转包的织布工作。所以孩子多的家庭里,孩子可以给父母搭把手,让家里的生意变得红火起来。另外,六七十岁的老太婆也可以在家里缫丝。所以有的家里,能看见祖母和小孙女面对面缫丝的情景。

大友宗助家有一个上了年纪的妻子在缫丝。天长日久地低头坐着干活，让她显得比实际年纪苍老，不爱说话。

他家里有三个儿子，统统坐在织布机前织腰带。家里有三台织布机，自然属于条件比较好的人家，有些人家只有一台，也有些人家需要借织布机来用。

长子秀男正如宗助所言，技术超过了父母，纺织厂和批发商也都知道此事。

"秀男，秀男。"

秀男他似乎没有听见宗助的呼唤。和有很多台机械织布机的工厂不同，家里只有三台木质手工织布机，噪声不算大，宗助觉得自己的声音已足够大。但是秀男坐在最靠近院子的织布机前，织的又是最难的筒带，大概是因为精神高度集中，并没有听到父亲的声音。

"孩子他妈，叫秀男到我这儿来一下。"宗助对妻子说。

"好。"妻子敲了敲膝盖，走下土间。她走到秀男的织布机前，一路上都在用拳头捶腰。

秀男停下手上织着的腰带看着母亲，不过没有立刻站起身来，或许是累了。因为知道家里有客人，他也不好意思转手腕，伸懒腰。他抹了一把脸，走过来冲太吉郎打了个招呼："家里乱糟糟的，承蒙您大驾光临。"他的脸上和身上还带着忙于工作的痕迹。

"佐田先生设计了一幅腰带的图案，让我们帮忙织出来。"父亲说。

"这样啊。"秀男的兴致不太高。

"这条腰带很重要，比起我，还是让你来织的好。"

"是给千重子小姐的腰带吗？"秀男白皙的面孔第一次转向

佐田。

作为京都人，父亲宗助看着儿子冷淡的表情，急忙帮他打圆场："秀男从早上就开始忙……"

"……"秀男没有回答。

"你儿子这么认真，做出来的活一定很好……"太吉郎反过来安慰他说。

"虽然是没什么意思的筒带，不过挺费神，还得耐着性子去做。"秀男只是点了点头。

"挺好，手艺人就得这样。"太吉郎倒是频频点头。

"平凡的东西也会打上我们家的标签，更让人难受啊。"秀男低着头说。

"秀男，"父亲严肃地说，"佐田先生的作品和那些东西不一样。佐田先生啊，在嵯峨山的尼姑庵里隐居，才画出了这张底稿，不是拿来卖的。"

"是吗？嗯，在嵯峨山的尼姑庵……"

"你也来瞻仰一下。"

"好。"

太吉郎被秀男的气势压倒，冲进大友店里时的劲头泄了不少。

他把底稿在秀男面前展开。

"……"

"你不喜欢吗？"太吉郎没底气地问。

"……"秀男沉默地看着。

"不行吗？"

"……"

见儿子固执地一言不发，宗助忍耐不住了，他说："秀男，回话啊，这样多没礼貌。"

"是。"秀男终究没有抬头，"我也是手艺人，很感谢佐田先生能让我见识到您设计的图案。这可不是一件能敷衍了事的工作，这是千重子小姐的腰带吧？"

"是啊。"父亲点了点头，不过和平时不太一样的秀男让他觉得有些惊讶。

"不行吗？"太吉郎又说了一句，语气也变得有些粗鲁了。

"很好。"秀男平静地说，"我没说不行。"

"你嘴上没说，可心里……眼神儿是怎么说的。"

"是吗？"

"你这人……"太吉郎起身一拳打在秀男脸上。秀男没有躲。

"您想打多少拳都好。我做梦也没想过佐田先生设计的图案如此平凡。"

或许是因为挨过打，秀男的表情变得生动。

接着，被打的秀男跪在地上道歉，甚至没有摸一摸发红的半边脸颊："佐田先生，请您原谅我。"

"……"

"虽然我惹您生气了，但还是请您让我来织这条腰带。"

"是啊，我就是来拜托此事的。"

太吉郎慢慢平复了心情："我也要请你原谅，一把年龄了，还这么不像样。打过人的手还挺疼……"

"要是您看得上，我的手借您，织布工的手皮糙肉厚。"

两个人都笑了。

但是太吉郎心里的疙瘩还是没有解开："我都想不起来，有多少年没打过人了——此事多亏你能原谅。我想问的是啊，秀男，你看到我设计的腰带图案时，为什么表情那么奇怪？你跟我说实话。"

"是。"秀男的脸色又阴沉了下去，"我还年轻，一个手艺人而已，懂的东西不多。您说这是您在嵯峨山的尼姑庵隐居时画的吧？"

"是啊，我今天也要回庵里，已经过去半个月了吧……"

"请您不要回去了。"秀男坚定地说，"回家吧。"

"我在家里静不下心来。"

"这条腰带的图案足够花哨，足够华丽，也很新颖，让我大吃一惊。您为什么要画这样的图案呢？我一直在盯着它看……"

"……"

"虽然一眼看去很有意思，但是它缺少精神上的温暖与协调，总觉得是疯狂而病态的。"

太吉郎脸色苍白，嘴唇颤抖得说不出话来。

"就算再荒凉的尼姑庵，也不该有狐狸呀、狸猫什么的迷住佐田先生……"

"嗯。"太吉郎把底稿拉过来放在膝头，专心致志地看着。

"啊……你说得不错。你这么年轻，倒是挺厉害的嘛。多谢……我要好好想想再重新画。"太吉郎匆匆卷起底稿，塞进了怀里。

"不，现在已经很厉害了，织好后会有不一样的感觉，用颜料和染好的线也能表现出绚丽的色彩……"

"谢谢你！秀男，你能帮我把这幅底稿织出温暖的味道，表现出我对女儿的爱意吗？"太吉郎虽然嘴上这样说着，不过他随意地打了声招呼就走出了大门。

旁边就是一条小河，很有京都风情的小河。岸边的草地一如既往地向水中倾斜。岸边的白墙里就是大友家。

太吉郎把手伸进怀中，将腰带的底稿团成一小团，扔进了河里。

阿繁突然接到嵯峨山打来的电话，让她带着女儿一起去御室①赏花。阿繁犹豫了，她还没有和丈夫赏过花。

"千重子，千重子，"阿繁带着求助的语气叫来女儿，"你父亲的电话，来接一下……"

千重子走过来把手搭在母亲肩膀上接过了电话。

"好，我会带着母亲一起去的。你在仁和寺前面的茶馆等我们吧，好，要快啊……"

千重子放下话筒，看着母亲笑道："父亲请我们去赏花呢，母亲你也吓了一跳吧。"

"他为什么连我都要叫上啊。"

"御室的樱花如今开得正好……"

千重子催着还在犹豫不决的母亲走出了店铺，母亲似乎还没从惊讶中回过神来。

御室的有明樱和八重樱在京都城里算开得晚的，可以说是京都樱

---

① 御室：仁和寺的别名。

花的残影。

走进仁和寺寺门,左边的樱花林里,盛开的花朵压弯了枝条。

可太吉郎却说:"呀,这可够呛。"

樱花林间的小路上摆着一排大折凳,有不少人在饮酒唱歌,一片狼藉。有乡下来的大妈兴致勃勃地跳舞,也有醉倒的男人打起震天响的呼噜,从折凳上滚了下去。

"真不得了。"太吉郎不忍直视。三人都没有走进花丛中,毕竟御室的樱花他们已经很熟悉了。

深处的树丛中升起烟雾,是在焚烧赏花的游客留下的垃圾。

"喂,阿繁,我们逃到安静的地方去吧。"太吉郎说。

一行人正准备回去,只见樱花林对面的高松树下,有六七个朝鲜女人穿着朝鲜的衣服,在折凳旁敲朝鲜大鼓,跳朝鲜舞,比起樱花树下的嘈杂,更有一番雅致的情调。从苍翠的松树间也能看到山樱。

千重子停住了脚步,一边欣赏朝鲜舞一边说:"父亲,安静的地方挺好,植物园怎么样?"

"估计不错。御室的樱花看过一眼就够了,也算尽到了春天该有的礼节。"太吉郎走出寺门乘上车。

从今年四月开始,植物园重新开放,京都站前也开出了一条新的线路,开往植物园的电车车次很多。

"要是植物园的人也很多,就去加茂川岸边走走吧。"太吉郎对阿繁说。

汽车走在绿意盎然的城市中。比起新建的房屋,还是古色古香的老房子衬得新叶更加生机勃勃。

走到植物园门前，林荫道变得宽敞而明亮，左边是加茂川的河岸。

阿繁将门票塞在腰带里。开阔的景色让人的心情也变得开朗。在商店街里，就连山都只能看见一角，更何况阿繁甚至很少走到店前的路上。

走进植物园后，正面的喷泉周围，郁金香花团锦簇。

"真不像京都的景色啊！难怪美国人要在这里盖房子。"阿繁说。

喷泉附近，尽管春天的风并不猛烈，依然有小水珠四处飞溅。喷泉左边建起了一座大温室，圆形的骨架上罩着玻璃屋顶。三人只是透过玻璃看着里面茂盛的热带植物，并没有走进去，因为他们只想花很短的时间散散步。道路右边，高大的雪松芽苞初放，下方的枝条向地面伸展。虽然是针叶树，不过青翠欲滴的新芽颜色如此柔和，几乎不会让人联想到"针"这个字。雪松和落叶松不同，它不属于落叶树，不过就算它是落叶树，依然会长出如此梦幻的新芽吧。

"我对大友家的儿子甘拜下风啊。"太吉郎说，没做任何铺垫。

"他做的活比他父亲更好，眼光也更犀利，把我看得透透的。"听着太吉郎自言自语的这番话，阿繁和千重子自然都是一头雾水。

"你见到秀男了吗？"千重子问。

"他是个好织布工。"阿繁只说了一句。太吉郎平时就不喜欢别人寻根究底。

从喷泉右边走到尽头后左拐，就是小孩子的游乐场。那里吵吵闹闹的，草地上堆满了小行李。

太吉郎三人从树荫处向右拐，没想到走进了一片郁金香田。那里繁花似锦，千重子情不自禁地感叹了一声。一块块花田里开满了大朵大朵的郁金香，红色、黄色、白色、黑山茶花一样的深紫色应有尽有。太吉郎也叹了一口气说："哼，看这样子，新式和服上会出现郁金香图案了吧。虽然我觉得郁金香与和服风马牛不相及……"

太吉郎望着郁金香花丛想，如果说雪松下方长满新芽的枝条像孔雀展开的尾羽，那么此处花团锦簇，五颜六色的郁金香要比喻成什么呢？鲜花的色彩仿佛让空气都变得缤纷，映在人们心里。

阿繁紧挨着女儿千重子，稍稍和丈夫保持着一段距离。千重子心里觉得奇怪，不过并没有表现出来。

"母亲，白色郁金香花田前面的那两个人好像在相亲呢。"千重子轻声对母亲说。

"嗯，大概是吧。"

"母亲，去看看吧。"女儿拉住了母亲的袖子。

郁金香花田前有喷泉，里面有鲤鱼。

太吉郎从椅子上站起身，走到郁金香近前。他弯下身子，几乎要看进花里。然后又来到两人面前说："西方的花虽然鲜艳，但是腻人。我果然还是更喜欢竹林。"

阿繁和千重子也站了起来。

郁金香花田是一片洼地，被树丛包围。

"千重子，植物园是西式庭园吗？"父亲问女儿。

"我不太清楚，好像有这种感觉。"千重子回答，"我们再看一会儿吧，陪陪母亲。"

太吉郎又无可奈何地走进了花丛中。

"佐田先生？果然是佐田先生。"有人在叫他。

"啊，是大友先生，秀男也在啊。"太吉郎说，"没想到能在这里遇见……"

"呀，我才是没想到呢。"宗助深深地鞠了一躬。

"我喜欢这里的樟树林荫道，一直在等植物园重新开放。这些都是些树龄五六十年的樟树，我们就信步走到了这里。"宗助又鞠了一躬，"前些日子，犬子实在是失礼了……"

"年轻人嘛，挺好。"

"你从嵯峨山下来的吗？"

"对，我从嵯峨山来的，阿繁和千重子从家里过来……"

宗助走到阿繁和千重子身边打了个招呼。

"秀男，你看这片郁金香怎么样？"太吉郎的语气有些严厉。

"花是有生命的。"秀男还是那副生硬的语气。

"有生命？是啊，确实有生命。不过我有些厌了，这么多花……"太吉郎转过了脸。

花是有生命的，虽然短暂，但活得明艳动人，来年又会长出花蕾，再次绽放——就像大自然一样生生不息……

太吉郎觉得自己又被秀男扎到了。

"是我眼光不行吧。我是不喜欢郁金香图案的和服和腰带，不过如果让名家来画，郁金香也会成为拥有永恒生命的作品吧？"太吉郎看着一旁说，"提到古代的织锦，再也没有比古都京都更古老的。那么美的东西，却没人愿意去做了，只知道临摹。"

"……"

"就算是活着的树，也没有比京都的树更古老的了吧，不是吗？"

"我说不出这么深奥的话，我每天都踩着织布机，不会去想这么高深的问题。"秀男低着头说，"不过，打个比方来说，要是您家的千重子小姐站在中宫寺或者广隆寺的弥勒佛像前，一定是小姐要美上不知多少倍吧。"

"要是让千重子听见，她一定会很开心。只是这个比喻太不敢当……秀男，小姑娘很快就会变成老太婆的。"太吉郎说。

"是吗？我刚才说了，郁金香的花是有生命的。"秀男坚定地说，"虽然花期短暂，但它们依然用尽全部生命去绽放，现在正是它们最美的时候。"

"是没错。"太吉郎重新面向秀男。

"我没想过能织出一条能用到孙子辈的腰带。现在……我希望能织一条哪怕只有一年，也要让人用起来心情舒畅的腰带。"

"很有觉悟嘛。"太吉郎点了点头。

"没办法，我和龙村先生他们不能比。"

"……"

"我说郁金香的花有生命，就是带着这样的想法。虽然如今在盛开，但还是会有两三片飘落的花瓣。"

"是啊。"

"说到落花，樱花飘落的景象自然颇有意趣，不过郁金香又如"

何呢?"

"花瓣会散落在地上吧?"太吉郎说,"我只是对满眼的郁金香有些厌倦了。颜色太鲜艳,缺少了些韵味……是我上年纪了吧。"

"我们走吧。"秀男催着太吉郎说,"送到我家来的郁金香图案腰带都是纸样,不是有生命的郁金香。这次可算开了眼界。"

太吉郎一行五人离开洼地里的郁金香花田,走上了石阶。

石阶旁,一丛丛雾岛杜鹃像一道堤坝一样涌出,完全盖住了木篱笆。现在不是杜鹃的花期,在密密麻麻的小巧嫩叶的衬托下,盛放的郁金香越发鲜艳。

登上石阶后,右手边是一大片牡丹园和芍药园。这些园子还没有开花,大概是新种下的缘故,花园尚未融入周围的环境。

不过东边能看到比叡山。

植物园的大部分区域都能看到比叡山、东山和北山,不过从芍药园东边能看到比叡山的正面。

"大概是雾太浓了,总觉得比叡山看起来有些低。"宗助对太吉郎说。

"春雾朦胧……"太吉郎欣赏了一会儿,"不过,大友先生,那雾不会让你想到逝去的春天吗?"

"会吗?"

"那么浓的雾,反而让人觉得……春天也快过去了啊。"

"是啊。"宗助又说,"真快,我还没好好赏过花呢。"

"也不是什么稀罕景儿。"

两人沉默地走了一段后,太吉郎说:"大友先生,沿着你喜欢的那条樟树林荫道回去吧。"

"好,多谢了。我能在那条林荫道上走走就很开心了。不过我就是穿过那边来的……"宗助回头对千重子说,"小姐,愿意和我们一起走吗?"

樟树林荫道两边的枝条相互交织。树梢的嫩叶尚且带着一抹淡淡的薄红,尽管没有风,依然在轻轻摇曳。

五个人几乎都没有开口,只是信步走着,在树荫下各怀心事。

秀男将女儿与奈良和京都最优美的佛像相比,还说千重子更美,这些话始终萦绕在太吉郎脑海中。秀男当真如此迷恋千重子吗?

"可是……"

如果千重子嫁给秀男,去了大友的纺织厂后能做什么呢?要像秀男的母亲那样从早到晚地缫丝吗?

太吉郎回头看着千重子和秀男谈得兴起,时不时地点头。

太吉郎想,就算结了婚,千重子也不一定要嫁到大友家。佐田家可以招秀男做上门女婿。

千重子是独生女,要是嫁出去了,她母亲阿繁该多伤心啊。

秀男也是大友的长子。他父亲宗助说过,这个儿子比自己手艺好。可是他还有二儿子和三儿子。

另外,虽然太吉郎的生意日渐萧条,老店也没钱翻新,不过毕竟是京都的批发商,和放着三台手工织布机的织布店不一样。一个雇员都没有,只有家里人干活的店里,家境可想而知。从秀男的母亲浅子、粗糙的厨房都看得出来。就算秀男是长子,只要自己开口,说不

053

定宗助也会同意让他做自家的上门女婿。

"秀男这孩子很踏实啊。"太吉郎对宗助说,"虽然年轻,不过确实挺可靠。"

"哎,多谢。"宗助漫不经心地说,"他这人工作上是挺有干劲儿,可是在人前总是说些失礼的话……让人操心啊。"

"这样挺好。我这阵子净被秀男数落呢……"太吉郎的语气反而挺开心。

"真是的,还请您原谅,他就是那样的人。"宗助轻轻低下了头,"就算是父母的话,只要他不接受,就当作耳旁风。"

"这样挺好。"太吉郎点了点头,"今天怎么只带了秀男一个人?"

"要是带上他弟弟们,家里的机子就要停了。而且秀男性子好强,我想带他走走我喜欢的樟树林荫道,希望能磨磨他的性子,让他变得柔和一些……"

"这条林荫道不错。其实啊,大友先生,我带阿繁和千重子来植物园,是因为有秀男亲切的忠告。"

"嗯?"宗助惊讶地看着太吉郎的脸,"不是因为你想见见小姐吗?"

"不是不是。"太吉郎急忙否认。

宗助转身看向后方。秀男和千重子落后几步,阿繁则走在更远的地方。

走出植物园的大门,太吉郎对宗助说:"你坐这辆车吧。西阵离这边近。我们还要去加茂那边的河堤上走走……"

见宗助犹豫，秀男先父亲一步坐上了车说："多谢您的好意，我们先走一步。"

佐田一家目送车子离去，宗助起身鞠躬致意，秀男只是微微点了点头。

"真是个有趣的孩子。"太吉郎想到自己打在秀男脸上的那一拳，忍着笑意说，"千重子，你和秀男很谈得来嘛。他不擅长应付年轻女孩子吧？"

千重子眼神羞怯地说："在樟树林荫道上吗？我只是在听他说话罢了。谁知道他怎么那么能说，和我这种人都能兴高采烈地聊天……"

"还不是因为他喜欢你，这种事你还不懂吗？他说你比中宫寺和广隆寺的弥勒佛还美呢……我是吃了一惊，不过他那个别扭的人能说出这样的话，可不得了。"

"……"千重子也吃了一惊，脸红到了脖子根。

"你们都说了些什么？"父亲问。

"西阵手工织布机的命运什么的。"

"命运啊？"

见父亲陷入了沉思，千重子回答："说是命运未免太深奥，命运这件事嘛……"

走出植物园，右边加茂川的河堤上种着一排松树。太吉郎站在最前面，先从松树间下到河滩上。说是河滩，其实就是长满嫩草的细长平原，河水汇入急流的声音突然传入耳朵里。

这里既有老人坐在嫩草上，面前摆着饭盒，也有年轻男女相偕而行。

对岸高处的车道下也有人行道。稀稀拉拉的樱花树叶对面是连绵起伏的西山，爱宕山位于正中央，河流上游靠近北山，这一带是风景区。

"在这里坐坐吧。"阿繁说。

从北大路桥下可以看到，河边的草原上晾着几块友禅绸。

"嗯，春天来了啊。"阿繁环顾四周说。

"阿繁，你看，秀男那孩子怎么样？"太吉郎问她。

"你问他怎么样，是什么意思？"

"当我们家的上门女婿如何？"

"嗯？你突然说这件事……"

"他是个踏实的人。"

"话是没错，这事还是要问问千重子。"

"千重子之前说过，会绝对服从父母。"太吉郎看着千重子说，"对吧，千重子？"

"这种事情怎么能勉强她。"阿繁也看着千重子。

千重子低下头，脑海中浮现出水木真一的身影。那是幼年真一的形象，描过眉毛，涂着口红，化好了妆，一身王朝时代的装束，坐在祇园祭的长刀鉾①上做稚儿。当然，那时千重子也是个孩子。

---

① 长刀鉾：长刀鉾是每年祇园祭上排在第一位的花车，长刀驱邪，花车上的稚儿象征神使。鉾指的是花车。

北山杉 I

早在平安王朝时期，在京都提到山，就要数比叡山，提到节日，就要数加茂祭。

五月十五日的葵祭已经结束了。

从昭和三十一年（1956年）开始，葵祭的敕使队伍中加入了斋王①的队伍。进入斋院前，斋王要遵照古代仪式在加茂川中净身后乘坐轿子，由穿着常服的命妇带头，宫廷女官、童女跟随，伶人奏乐。斋王则穿着十二单②坐在牛车上走过。因为这身装束，再加上扮演斋王的人年龄和女大学生相近，于是优雅中增添了几分华丽。

千重子的校友中也有人曾被选上扮演斋王，当时千重子也去加茂川的河堤观看了游行。

京都多古寺，可以说几乎每天都有大大小小的节日。翻开节日日程，五月的每一天都会有些活动。

献茶、茶室、室外茶会，到处都支起了烧茶用的锅，转都转不过来。

不过今年五月，千重子连葵祭都没有去，是因为今年五月多雨，

---

① 斋王：在伊势神宫和贺茂神社出任巫女的未婚内亲王和女王，她们代表日本皇室侍奉天照大神。

② 十二单：又称女房装束或五衣唐衣，是日本公家女子传统服饰中最正式的一种。

也是因为她从小就被带着去看过各种节日。

花有花的美，不过千重子同样喜欢看嫩叶的翠绿。高雄附近的枫叶自不用说，她也喜欢若王子附近的景致。

宇治进了新茶，千重子一边泡茶一边说："母亲，今年也忘了去看采茶啊。"

"茶叶啊，现在还在采吧。"母亲说。

"应该是吧。"

这个时候，要想去看植物园的樟树林荫道上像花一样的嫩芽，或许也有些迟了。

好友真砂子打来电话说："千重子，要不要去看高雄的枫树新叶？人也比红叶季少……"

"不会太迟吗？"

"高雄比城里冷，应该还来得及。"

"嗯。"千重子顿了顿，"那个，要是看过平安神宫的樱花后能去看看周山的樱花就好了，结果我完全忘在脑后了。那里的古树……樱花是看不到了，不过我想看看北山杉。那边离高雄不算远吧。看到挺立的北山杉笔直干净的样子，我的心灵都会得到净化。你和我一起去看看杉树吧？比起枫树，我更想看北山杉。"

高雄神护寺、槇尾西明寺、栂尾高山寺的苍翠枫叶，千重子和真砂子既然来到了这里，自然都要去看看。

通往神护寺和高山寺的坡道很陡。真砂子已经穿上了初夏的轻便洋装，鞋跟较低，走起来还算轻松，她担心地看了一眼穿着和服的千重子。不过千重子完全没有露出辛苦的样子,对她说:"我没事,不要看了。"

"真好看。"

"真好看。"千重子停下脚步,低头看向清泷川的方向,"我以为会是更深沉的绿色,没想到这么清爽。"

"我……"真砂子的话中带着笑意,"千重子,我说的是你啊。"

"……"

"怎么会生出这么好看的姑娘呢?"

"你真讨厌。"

"在青山绿水中,朴素的和服反而更凸显出了你的美。不过你要是穿上华丽的衣服,也会是明艳动人的吧……"

千重子穿着稍显阴沉的紫色和服,腰带是父亲毫不吝惜地剪下的那块印花布。

千重子走上石阶。神护寺里的平重盛和源赖朝肖像画被安德烈·马罗尔誉为世界名画,真砂子看到重盛脸上还是什么地方留下的一抹残红时,就说过同样的话。而且在此之前,千重子也从真砂子嘴里听到过不少次类似的话。

在高山寺里,千重子喜欢从石水院宽敞的走廊眺望对面的群山,也喜欢开祖、明惠上人的树上坐禅图。《鸟兽戏画》绘卷的副本在壁龛旁展开。两人坐在走廊上喝茶。

真砂子没有去过比高山寺更深的山里,游客一般都会停在这里。

在千重子的回忆中,父亲曾带她去舟山赏过花,摘过笔头草,那里的笔头草又粗又长。就算一个人来到高雄,她也会去长满北山杉的村子——现在合并到了市里,叫作北区中川北山町,不过只有一百二三十户人家,更适合被称为村子。

"我经常走路,到处走。"千重子说,"再说了,这里的路修得这么好。"

清泷川岸边,陡峭的山峰逐渐逼近,不一会儿,就看到了美丽的杉树林。一眼就能看出有人在精心修剪这些笔直挺立的杉树。著名的木材北山原木就出自这个村子。

有一群女子从杉树林里走出,似乎是刚割完草,到三点的休息时间了。

真砂子站在原地一动不动地盯着一个女人说:"千重子,那个人和你好像,简直一模一样啊。"

那姑娘穿着藏蓝底白花的窄袖衣服,肩上挂着束衣袖的带子,腿上穿着劳动裤,系着围裙,戴着手背套,头上裹着手帕,围裙一直绕到背后,在胳膊下方分开。只有束衣袖的带子和劳动裤上的细带是红色的。其他姑娘都是同样的打扮。

大原女[①]和白川女大多是同样的打扮,像女儿节人偶一样,不过她们现在没有穿成去城里卖东西时的样子,只是穿着在山里劳作时的衣服。这就是在日本山野间劳动的女人的打扮。

"真像啊。千重子,你好好看看,不觉得神奇吗?"真砂子又重复了一遍。

---

① 大原女:大原的女行商。

"是吗?"千重子没有仔细去看,"你怎么这么口无遮拦?"

"我才不是口无遮拦,你看她那么漂亮……"

"漂亮是漂亮……"

"就像千重子失散的姐妹一样。"

"你看,还说你不是口无遮拦。"

真砂子听了千重子的话,也觉得自己的话太古怪,忍着笑意说:"陌生人也会碰巧相似吧,不过你们也像得太吓人了。"

那姑娘和其他女孩都没怎么注意她们两人,径直走了过去。

那个姑娘头上的手帕压得很低,虽然能隐约看到刘海,不过半张脸都被遮住了。不像真砂子说的那样能看清楚长相,也没能看到正面。

而且千重子来过这个村子好几次了,见过男人大致剥去杉树的树皮后,女人们再细致地剥树皮的样子,也看过她们用凉水或热水稀释菩提瀑布的砂子后打磨木材的样子,所以隐约知道姑娘们的长相。因为这些加工工作大多是在路边或者户外进行的,而且小山村里的姑娘不多,不过她自然没有仔细打量过每个人的面孔。

真砂子目送女人们的背影离开后,也冷静了一些,又在嘴里嘟囔着"真神奇"。然后歪着脑袋,像是要仔细看清楚千重子的脸说:"果然很像。"

"哪里像了?"千重子问她。

"嗯,就是一种感觉,说不清哪里像,就是眼睛和鼻子……中京的大小姐和山里的姑娘自然不同啦,你饶了我吧。"

"哪里用得着道歉啊……"

"千重子,我们跟上那姑娘,到她家里看一眼怎么样?"真砂子恋恋不舍地说。

就算真砂子再奔放,跟到那姑娘家里去看这种事也只是嘴上说说而已。但千重子却放慢了脚步,几乎要停下,她看着长满杉树的山峰,看着立在每家每户门前的杉树木材。

白杉木的粗细大致相同,打磨后非常美丽。

"就像工艺品一样。"千重子说,"好像也会用来修建茶室,还会送往东京和九州地区……"

房檐下立着整整齐齐的一排原木,二楼也立着一排。一户人家二楼的一排原木前晾着贴身的衣服,真砂子看着觉得新奇:"这家人是不是就住在那排原木里啊?"

"不愧是真砂子,真是口无遮拦……"千重子笑着说,"原木小屋旁边不就有一间气派的房子吗?"

"啊,二楼不是在晾着衣服呢吗……"

"你说那个姑娘像我,也是随口一说吧。"

"这两件事不一样的。"真砂子认真地说,"我说你长得像她,你就这么遗憾吗?"

"遗憾倒是完全没有……"千重子刚说完,那姑娘的眼睛突然毫无预兆地浮现在她眼前。在辛勤劳作的健康身影中,那双眼睛中却沉淀着浓郁深邃的忧愁。

"这个村子里的女人都很能干啊。"千重子说着,似乎是在逃避些什么。

"女人和男人一起干活有什么新鲜的,农民都是这样嘛。不管是卖菜的，还是卖鱼的……"真砂子随口说，"不过你这样的大小姐，看到什么都会感慨。"

"我也是要干活的，你说的是你自己吧。"

"啊，我是不干活。"真砂子坦率地承认。

"虽然都叫干活，不过我想让你看看这个村子里的姑娘干活的样子。"千重子再次看向长满杉树的山间，"已经开始剪枝了吧？"

"剪枝是做什么？"

"为了让杉树长得更好，要用柴刀砍掉没用的枝条。虽然有时会用到梯子，不过还是要像猴子一样在杉树的树梢之间荡来荡去……"

"好危险。"

"有的人一大早就爬上去，吃午饭的时候才下来呢……"

真砂子也抬头看向长满杉树的山间，笔直挺立的树干如此美丽，就连树梢上丛生的树叶都像工艺品一样。

山不高，也不算深，甚至抬头就能看见山顶上整齐排列的一棵棵杉树树干。因为这些杉树是用来修建茶室的，可以说这片杉树林都带着茶室的味道。

不过清泷川两岸的崖壁陡峭，一头插进峡谷中。日照少、多雨的天气也是能培育出珍贵杉树的原因之一，自然也能防风。如果遭遇强风，杉树新长出的年轮内侧柔软的枝条就会弯曲、歪斜。

村里的房子都集中在山脚下的河岸边，排成一列。

千重子和真砂子一直走到小村子的尽头，才转身折返。

有的人家在打磨原木。女人们抬起浸在水中的原木，用菩提瀑布的砂子仔细打磨。砂子的颜色就像赤褐色的黏土，听说是从菩提瀑布下取来的。

"要是这些砂子没有了,要怎么办呢?"真砂子问。

"下过雨后,砂子会随着水流一起冲下来,堆在瀑布下面。"一名年长的女人回答。真砂子想:"这些人真悠闲啊。"

不过就像千重子说的那样,女人们手上其实都在麻利地干活。她们在打磨一根五六寸粗的原木,大概是要做成柱子。

打磨好的原木用水冲洗后晒干。然后用纸卷起来,或者用稻草包好运走。

就连清泷川旁布满石子的平原上都种着杉树。

看着山上挺立的杉树,房檐下排列整齐的杉树,千重子想起了京都老房子外一尘不染的红格子门。

村子入口有国营铁路公交车的车站,名叫菩提道站。瀑布应该就在车站上方。

两人在菩提道站坐上了回程的公交车。沉默了一会儿后,真砂子断断续续地说:"要是女孩也能像那些杉树一样笔直地成长就好了。"

"……"

"可没有人那么尽心地照顾我们。"

千重子差点笑出来,"真砂子,你在约会吗?"

"嗯,在约会。坐在加茂川河边的青草地上……"

"……"

"木屋町的剧场也多了不少客人,高台都点上了灯。不过我们背对着剧场高台,不知道上面都是些什么人。"

"今天晚上吗?"

"今晚也约好了七点半见面,现在天还早。"

千重子很羡慕真砂子的自由。

千重子和父母三个人一起坐在面向中庭的里屋吃晚饭。

母亲对父亲说:"今天岛村家送来了不少瓢正的竹叶寿司,家里只做了汤,还请见谅。"

"这样啊。"

鲷鱼竹叶寿司是父亲最喜欢的食物。

"大厨回来得有些晚了……"母亲说的是千重子,"又和真砂子去看北山杉了……"

"嗯。"

伊万里陶瓷盘里装满了竹叶寿司。剥开包成三角形的竹叶,里面是薄薄的鲷鱼片。汤碗里以豆腐皮为主,加了几块香菇。

就像大门口的格子门一样,太吉郎的店里还留着几分老京都批发店的味道,不过如今变成了公司制,掌柜和伙计也成了员工,大多会在家和店铺之间通勤。只有两三个近江来的伙计住在有格子窗的二楼,晚饭时,里屋很安静。

"千重子很喜欢去北山杉的村子,"母亲说,"原因是什么呢?"

"杉树啊,都笔直地挺立着,我觉得要是人心也和那些杉树一样就好了。"

"那不是和千重子一样了嘛。"母亲说。

"不一样,我心里都是弯弯绕绕的……"

"这倒也是。"父亲插话,"再坦率的人,也要考虑各种各样的事情。"

"……"

"这不是挺好的嘛。像北山杉一样的孩子,可爱是可爱,但毕竟不存在,就算有,遇到些事情时,总要吃大苦头的。我这个做父亲的觉得,树就算弯弯曲曲的,只要长大就好……你看看咱们家小院子里那棵老枫树。"

"你在千重子这么好的孩子面前说些什么呢。"母亲拉下脸来。

"我明白,我明白,千重子是个正直的孩子……"

千重子看向中庭,一时间没有说话,过了一会儿才开口,声音中饱含悲伤:"我才没有那棵枫树那么强大……最多是开在枫树树干上那个坑里的紫花地丁。啊,紫花地丁不知什么时候也谢了。"

"真的……明年春天一定还会开花的。"母亲说。

千重子低下头,看着树根旁边的基督灯笼。借着房里的灯光,斑驳的圣像面目不甚清晰,可她依然想向神明祈祷些什么。

"母亲,我究竟是在哪里出生的?"

母亲和父亲对视了一眼。

"在祇园的樱花树下。"太吉郎斩钉截铁地说。

出生在祇园的樱花树下,简直是童话般的故事,就像《竹取物语》中,辉夜姬藏在竹节中一样。

正因为如此,父亲才说得斩钉截铁。

千重子突然想到一个玩笑，如果自己出生在樱花树下，说不定会有人从月宫里下来迎接自己。但她并没有说出口。

无论是弃儿，还是被抢来的孩子，父母都不知道千重子出生在何处，恐怕也不知道她的亲生父母是谁。

她感到后悔，觉得自己问了一个不适宜的问题，不过还是不要道歉为好。既然如此，为什么会突然问出口呢？她自己也不清楚，或许是因为隐约想到了真砂子说过的话，在北山杉村子里看到了一个长得和千重子一模一样的姑娘……

千重子不知道该看向何处，于是抬头仰望大枫树的上方。夜空染上了一层浅白，不知映出的是月光还是繁华街市的灯光。

"天色也带上了夏天的味道啊。"母亲阿繁也抬起头说，"千重子，你啊，就是生在这个家里的。虽然不是从我肚子里生出来的，不过你就是生在这个家里的。"

"是。"千重子点了点头。

正如千重子在清水寺里对真一说过的那样，她并非阿繁夫妇从夜樱盛开的园山抢来的婴儿，而是在店门口捡来的孩子，将她抱进家里的人是太吉郎。

已经过去二十年了，当时太吉郎还是三十多岁的年轻人，玩心很重。妻子没办法立刻相信丈夫的话。

"说得好听……是把和哪个艺伎生的孩子带回来了吧？"

"别胡说。"太吉郎勃然大怒，将婴儿推到妻子面前，"你好好看看这孩子身上穿的衣服。怎么会是艺伎的孩子？你看，这是艺伎的孩子吗？"

阿繁接过婴儿，把脸贴在婴儿冰冷的脸颊上。

"你打算把这孩子怎么办？"

"进屋好好商量吧，别傻站在这里。"

"她才刚刚出生吧。"

因为不知道孩子的父母，所以不能收养成为养女，于是孩子在户籍上成了太吉郎夫妇的亲生女儿，取名千重子。

俗话说抱来的孩子会带来亲生的孩子，可阿繁没有生出孩子。于是千重子成了两人的独生女，在宠爱中长大。岁月流逝，太吉郎夫妇已经不在意是什么样的父母丢弃了千重子，也不知道她亲生父母的生死。

晚饭后的餐桌很容易收拾，只需要收起卷竹叶寿司的竹叶和汤碗就好。千重子一个人负责收拾。

然后，她把自己关在里屋二楼的卧室里，看父亲带去嵯峨山尼姑庵的保罗·克利和夏加尔等人的画集。睡着后没过多久，就被噩梦魇住，发出的呻吟声惊醒了自己。

"千重子，千重子。"隔壁房间传来母亲的呼唤声，千重子还没来得及回答，纸拉门就被打开了。

"你在呻吟。"母亲走进房间说，"做噩梦了吗？"

说完，母亲在千重子身边坐下，点亮枕边的灯。

千重子在床上坐起来。

"哎呀，出了这么多汗。"母亲从千重子的梳妆台上取过纱布手绢，擦了擦她的额头和胸口。千重子任由母亲摆布。母亲一边想着

"多么白皙漂亮的胸脯啊",一边把手绢递给千重子。

"来,擦擦胳肢窝。"

"谢谢你,母亲。"

"做噩梦了吗?"

"嗯,从高处坠落的梦……直直地掉进一片可怕的蓝色之中,深不见底。"

"谁都会做这种梦啊,很常见的,"母亲说,"坠入深不见底的深渊。"

"……"

"千重子,可别感冒了,换件睡衣吧?"

千重子点了点头,可心情还没有平静下来,刚打算起身,脚下却踉跄了几步。

"好啦好啦,我来帮你拿。"

千重子坐在床上,文雅又熟练地换好了睡衣。她正打算叠好换下来的睡衣,母亲就接过去扔在角落的衣架上说:"不用叠了,回头拿去洗洗。"

说完,母亲又坐回千重子枕边,用手摸了摸女儿的额头说:"做个梦就出这么多汗……千重子,你是不是发烧了?"可千重子的额头反而有些凉,"嗯,是不是去北山杉村子里太累了?"

"……"

"看你心神不宁的样子,我也过来陪你睡吧?"

"谢谢……我已经平静下来了,你放心去休息吧。"

"是吗?"母亲说着钻进了千重子的被子里,千重子往旁边挪了挪身子。

"千重子，你都这么大了，我已经不能抱着你睡了，有些奇怪吧。"

结果倒是母亲先安稳地睡着了。千重子摸了摸母亲的肩膀，担心她着凉，然后关上了灯，自己却睡不着。

她刚才做了一个很长的梦，对母亲说的只是梦的结尾而已。

刚才与其说是做梦，倒更像是半梦半醒之间的回忆，她想起了今天和真砂子去北山杉村子的事，心情倒是愉快的。神奇的是，真砂子口中和千重子相像的姑娘比在村里时更清晰地浮现在她的脑海中。

在梦的最后，她落入了一片蓝色，那片蓝或许是留在心底的那片长满杉树的大山。

太吉郎喜欢鞍马寺举行的伐竹会，因为很有男子汉气概。

年轻时，太吉郎去看过几次，并不觉得稀罕，不过他想带女儿千重子去见识见识。特别是今年为了节省费用，鞍马寺十月间的火节也不举行了。

太吉郎担心会下雨，因为举办伐竹会的日期是六月二十日，正值梅雨时节。

十九日，下了一场在梅雨时节中算得上大的雨。太吉郎时不时地抬头看着天空说："照这样下去，明天估计停不了了。"

"父亲，我觉得下雨也没什么。"

"虽说如此，"父亲说，"还是天晴更好啊……"

二十日，雨依然下个不停，太吉郎对店员说："把门窗关好，湿气会让布料受潮的。"

"父亲，不去鞍马寺了吗？"千重子问父亲。

"明年还有嘛，今年就不去了。鞍马山要是起了雾，也没什么可看的……"

负责伐竹的不是僧侣，主要是村民，被称为法师。为了准备伐竹，要在十八日分别准备四根雄竹和雌竹，横在正殿左右两边的原木上。雄竹砍掉根部留下叶子，雌竹则留下根部去掉叶子。

正殿的对面，左手边叫丹波座，右手边叫近江座，这是自古以来的称呼。

伐竹的人每年轮换，当年的伐竹者要穿上代代相传的粗布素色丝绸衣服，脚蹬武士草鞋，吊上束袖带，腰间插着两把刀，头上戴着五条穗的僧侣帽，腰间系着南天竹叶，伐竹用的砍刀收在锦囊里，跟着引路人向山门前进。

下午一点，穿十德[①]的僧侣吹起海螺开始伐竹。

两名稚儿齐声对管长[②]说："恭贺伐竹之神事。"然后分别走向左右两座，赞扬"近江竹，善""丹波竹，善"。

伐竹者首先砍下绑在原木上的粗壮雄竹，摆放整齐。纤细的雌竹保持原状。

稚儿向管长报告："伐竹完毕。"

僧侣们走进正殿开始诵经，撒夏菊代替莲花。

[①] 十德：男式短上衣，与和服外褂相似。江户时代，医生、儒者、茶道师傅的礼服。

[②] 管长：佛道等一宗一派之长。

管长走下祭坛，打开丝柏木扇上下扇动三次，一声令下，近江、丹波两座分别由两人将竹子砍成三段。

尽管太吉郎想让女儿见识伐竹会，可是因为下雨而有些犹豫。就在这时，秀男胳膊底下夹着一个包裹走进格子门说："小姐的腰带总算织好了。"

"腰带？"太吉郎惊讶地说，"我女儿的腰带吗？"

秀男跪在地上后退一步，恭恭敬敬地磕了一个头。

太吉郎随口说道："是郁金香图案的吧……"

"不，是您在嵯峨山的尼姑庵里画的……"秀男认真地说。

"当时我年轻冲动，实在是对佐田先生失礼了。"

太吉郎心中惊讶，嘴上却说："你说的哪里话，我只是手痒随便画画。经你告诫才清醒过来，还得谢谢你呢。"

"那条腰带我织好了，给您带过来了。"

"嗯？"太吉郎大吃一惊。

"我应该把底稿揉成一团，扔到你家旁边的小河里了啊。"

"扔了吗？这样啊。"秀男很平静，仿佛无所畏惧，"我看得很仔细，已经记在脑子里了。"

"这就是做这一行人的本事吧。"太吉郎说着，脸色阴沉下来。

"不过啊，秀男，你为什么要织我扔进河里的底稿呢？嗯？为什么又要给我织出来呢？"太吉郎重复着，一股不知是悲伤还是愤怒的情感涌上心头。

"缺少精神上的温暖与协调，疯狂而病态——秀男，这话不是你说的吗？"

"……"

"所以我才一走出你家大门，就把底稿扔进小河里了啊。"

"佐田先生，请你原谅。"秀男再次磕头道歉，"我当时织了太多无聊的东西，心里烦躁。"

"我也一样。嵯峨山的尼姑庵里静是静，却只有一个上了年纪的庵主，白天只雇了一个婆婆来干活，寂寞，太寂寞了……而且我家的生意越来越难做，想来你的话一点儿都没错。我一个做批发的，又不是非要去画底稿，画那种新奇的底稿……可是……"

"我也想了很多，在植物园里见到小姐后，又想了很多。"

"……"

"请您看看这条腰带吧。要是不喜欢，现在就可以用剪刀剪断。"

"好。千重子，千重子。"太吉郎点了点头，叫来女儿。

和掌柜并排坐在账房里的千重子站起身来。

秀男长着一双浓眉，嘴巴紧闭，虽然表情充满自信，可解包袱的指尖却在微微颤抖。

他似乎难以对太吉郎启齿，于是跪坐着转向千重子，将卷好的腰带直接递给她说："小姐请看，是您父亲设计的图案。"然后就一动不动了。

千重子将腰带从一头展开了一些说："啊，父亲，是从克利的画集里找到的灵感吧。在嵯峨山画的吗？"然后把腰带放在膝头拉开，"啊呀，真好看。"

太吉郎表情苦涩,沉默不语,实际上心里为秀男能清楚地记住自己设计的图案而惊讶不已。

"父亲,"千重子用天真而喜悦的声音说,"腰带真的好漂亮。"

"……"

接着,千重子又摸了摸腰带的质地,对秀男说:"你织得真结实。"

"是。"秀男低下了头。

"我可以在这里展开看看吗?"

"好。"秀男回答。

千重子起身在两人面前展开腰带,然后把手搭在父亲肩膀上站着欣赏。

"父亲,怎么样?"

"……"

"挺好的吧?"

"真的可以吗?"

"嗯,谢谢您,父亲。"

"你再仔细看看。"

"花纹很新颖啊,虽然要看搭配什么和服……不过确实是一条漂亮的腰带。"

"是吗?喜欢的话,要谢谢秀男啊。"

"秀男,谢谢你。"千重子跪在父亲身后,向秀男鞠了一躬。

"千重子,"父亲说,"你觉得这条腰带协调吗?精神上的协调……"

"嗯？协调吗？"千重子被问得措手不及，又看了看腰带，"你问我协调不协调，衣服嘛，还是要看什么人穿……不过现在倒是挺流行故意破坏协调的衣服……"

"嗯。"太吉郎点了点头，"其实啊，千重子，秀男看到这条腰带的底稿时，跟我说不协调。所以我就把底稿扔进了秀男家织布店旁边的小河里了……"

"……"

"结果今天看到秀男织好的腰带，和我扔掉的底稿简直一模一样，就是颜料和染好的线颜色稍有不同。"

"佐田先生，请您原谅。"秀男双手伏地道歉，"小姐，我有个不情之请，能否请您系上腰带让我看看？"

"可是搭配这套和服……"千重子起身试着将腰带系在腰间，整个人立刻显得鲜活起来，太吉郎的表情也舒展开来。

"小姐，这是您父亲的作品。"秀男的眼睛闪闪发光。

祇园祭 |

千重子提着一个大篮子走出店门，准备走过御池路，去麸屋町的汤波半，结果看到比叡山与北山之间的天空如同燃烧的火焰，便在御池路伫立良久。

因为夏天的白昼很长，所以现在距离黄昏还早，天色并不显得孤寂，仿佛真的有燃烧的火焰弥漫在整个天空。

"我还是第一次见到这种景色。"千重子掏出一面小镜子，在色彩浓烈的云彩下照了照自己的容颜，"我忘不了了，一辈子都忘不了的……人是会随着心情改变的吗？"

比叡山和北山仿佛被天色压制，呈现出一片深蓝色。

汤波半端出了豆腐皮、牡丹豆腐皮和八幡卷。

"欢迎光临，小姐。因为祇园祭，店里忙得焦头烂额，只有老主顾的订单才会接。"

这家店平时只接受订做，这种情况在京都的点心店里也有。

"要为祇园祭做准备嘛，这些年多谢您照顾生意。"汤波半的老板娘把千重子的篮子装得满满当当。

"八幡卷"是鳗鱼做的，在豆腐皮里卷上牛蒡。"牡丹豆腐皮"和油炸豆腐很像，不过豆腐皮里包着银杏。

这家汤波半是两百年前的老店，在战火中保存了下来。有些地方经历过修整，比如小天窗上安了玻璃，做豆腐皮的火炕炉子改用砖瓦砌成。

"以前烧炭火，可是炭粉总是落在豆腐皮上，所以现在用木屑。"

"……"

锅里用方形铜板分隔开，店员用竹签熟练地挑起凝固些许的上层豆腐皮，搭在上方的细竹竿上晾干。上下一共有好几根竹竿，根据豆腐皮的干燥程度逐渐向上转移。

千重子来到豆腐坊里，把手搭在旧柱子上。如果和母亲一起来，母亲一定会细细抚摸这根陈旧的顶梁柱。

"这是什么木头？"千重子问。

"柏木。一直通向屋顶，笔直笔直的……"

千重子也摸了摸这根陈旧的柱子，然后走出店门。

回程路上，祇园的伴奏音乐正排练得热火朝天。

远道而来的游客们或许以为祇园祭只有七月十七日山鉾巡行一项活动，所以尽可能赶在十六日晚上参加宵山活动。

其实祇园祭的活动会持续整个七月。

七月一日，各个山鉾町开始"迎吉符"，伴奏声也开始奏响。

稚儿乘坐的长刀鉾每年都为巡行打头阵，七月二日或三日会举行抽签仪式，由市长决定其余山鉾的顺序。

巡行前一天，七月十日的"神舆洗"或许是节日真正的序章。神舆会在鸭川四条大桥进行清洗。虽说是清洗，其实只是由神官用杨桐蘸些水洒在神舆上而已。

到了十一日，乘坐长刀锋的稚儿进入祇园神社参拜。他们骑在马上，头戴乌帽子，身穿水干①，带着侍从领受五位官衔。五位之上就是殿上人②了。

以前神佛融合，在稚儿左右侍奉的孩子被比作观音和势至菩萨。另外，授予稚儿神位的仪式被比作稚儿与神的婚礼。

"这可不行，我是男的啊。"这是水木真一被选为稚儿时曾经说过的话。

另外，稚儿要吃"别灶"。也就是说为了净身，要和家里人用不同的灶煮食物吃。如今已经省略了这一步，不过按照规矩，稚儿吃的食物要用火镰打火③。据说有的人家粗心忘记，稚儿会自己催促："火镰，火镰。"

总之，稚儿并非只用巡行一天，有各种不易之处，甚至必须去各个山锋町拜访。节日和稚儿的工作几乎要持续将近一个月。

祇园祭就要到了。

千重子家的店也卸下了格子门，开始忙着准备过节。

京都姑娘千重子住在四条通附近的批发商家，是八坂神社地区的居民，祇园祭每年都有，她已经不觉得新鲜，不过是炎热京都的夏季节日而已。

---

① 水干：与狩衣同源，最早是平民的日常着装。
② 殿上人：指旧时日本官廷中服侍天皇的中级官吏。
③ 火镰打火：意在祓除不祥。

她最怀念的是坐在长刀鉾上做稚儿打扮的真一。每次过节，当音乐声响，鉾车出现在众多明亮灯笼的包围中时，她就会想起那样的真一。当时，真一和千重子应该都是七八岁。

"就连在女孩子里，我都没见过那么漂亮的人啊。"

真一去祇园神社领受五位官衔时，千重子也跟去了，还跟着他一起在整个城市里巡行。稚儿打扮的真一带着两个垂髫小儿来千重子家的店里拜访，嘴里叫着"千重子，千重子"的时候，千重子红着脸盯着真一。真一化了妆，还涂着口红，而千重子的脸却晒得黝黑。当时千重子把红格子门旁的折凳放倒，正穿着浴衣，腰上系着三尺红腰带，和邻居的孩子一起点烟火棒。

直到现在，乐声与灯光中的鉾车上仿佛依然能看到稚儿打扮的真一。

"千重子，去宵山吗？"晚饭后，母亲问千重子。

"母亲去吗？"

"店里有客人，我不能出门。"

千重子走出家门，加快了脚步。四条大街人潮汹涌，几乎寸步难行。

不过千重子对四条大街和一条条小巷里鉾车的位置了然于心，所以统统看了个遍，果然光彩夺目。她还听到了每一座鉾车的伴奏。

千重子走到御旅所[①]前，点起蜡烛供奉在神前。节日期间，八坂神社供奉的神明也会被请到御旅所。御旅所位于新京极与四条大街交汇

---

① 御旅所：神明巡幸时的落脚地。

处的南侧。

在这处御旅所中，千重子看到了一个似乎在做七次参拜的姑娘。虽然只看到了背影，不过一目了然。七次参拜指的是离开御旅所的神前一段距离，然后返回祭拜，一共重复七次。参拜时就算遇到认识的人也不能开口说话。

"啊呀。"千重子觉得那姑娘有些眼熟，或许是受到了她的影响，千重子也开始做七次参拜。

姑娘向西走去，然后回到御旅所。千重子与她相反，向东走了一段后折返。不过那姑娘比千重子更虔诚，祈祷的时间也更长。

姑娘完成了七次参拜，千重子走的距离没有那姑娘远，所以几乎与她同时完成。

那姑娘目不转睛地看着千重子。

"你在祈祷什么？"千重子问。

"你看到了？"姑娘的声音在颤抖。

"我想知道我姐姐去了哪里……你就是我姐姐啊，这是神明的指引。"姑娘的眼中泛起泪光。

这就是北山杉村的那个姑娘。

挂在御旅所的献灯和参拜的人们供奉的蜡烛将神前照得灯火通明。可姑娘的泪光更加明亮，仿佛是星星之火装进了姑娘的眼睛里。

千重子心中百转千回，她努力控制住自己的情绪，说着："我是独生女，没有姐妹。"可脸色已经变得苍白。

北山杉村的姑娘抽抽搭搭地不断重复着："我明白。小姐，请原谅，请原谅我。我、我从小就在想念姐姐，结果认错了人……"

"……"

"我们是双胞胎，我也不知道姐姐是谁……"

"我们俩只是碰巧长得像罢了。"

姑娘点了点头，泪水划过脸颊。她取出手帕边擦边说："小姐，你是在哪里出生的啊……"

"在附近的商店街。"

"这样啊，你在向神明祈求什么？"

"父母的幸福和健康。"

"……"

"你父亲呢？"千重子试探着问。

"很久以前……他去给北山杉剪枝，结果从树上掉了下来，撞到的地方不巧，就……我是听村里人说的，我当时刚出生，什么都不知道……"

千重子感到震惊。心想自己之所以总想去那个村子，想看美丽的杉山，会不会是父亲的灵魂在呼唤自己呢？

而且这位山里的姑娘说自己有个双胞胎姐姐。自己的亲生父亲是不是在杉树树梢间悠荡时想到了扔掉的双胞胎之一千重子，结果不小心掉下来了？一定是这样。

千重子的额头渗出冷汗。四条大街上人来人往的脚步声，祇园的音乐声仿佛都消失在了远方。她的眼前一片黑暗。

山里的姑娘把手搭在千重子肩膀上，用手帕擦了擦千重子的额头。

"谢谢你。"千重子接过手帕擦了擦脸,随手将手帕装进怀里,自己却没有发现。

"你母亲呢?"千重子小声说。

"妈妈也……"姑娘吞吞吐吐地说,"我出生在比杉树村更深的山里,那里是妈妈的老家,可是妈妈也……"

千重子没有再问。

北杉山村里来的姑娘流泪自然是因为喜悦,现在止住了泪水,脸上容光焕发。

与她相比,千重子心乱如麻,甚至连稳稳踩在地上的双腿都在颤抖。她无法立刻整理好心情,能支撑她的只有那姑娘无比健康的美丽。千重子没办法像那姑娘一样坦率地感到开心。她的目光深处浮起一层忧郁。

就在她不知现在该如何是好时,那姑娘叫了一声"小姐",向她伸出右手。千重子握住了她的手,她的皮肤厚实粗糙,和千重子柔软的手不同。但那姑娘似乎并不在意,紧紧握住她的手说:"小姐,再见。"

"嗯?"

"啊,我好开心……"

"你叫什么名字?"

"苗子。"

"苗子?我叫千重子。"

"我现在在做雇工,那个村子很小,只要你说起苗子,大家都认识。"

千重子点了点头。

"小姐,祝你幸福。"

"好。"

"我发誓,今晚见到你的事情跟谁都不会说。只有御旅所的祇园神知道。"

苗子应该看出来了,虽然两人是双胞胎,但身份不同。千重子想到这里,却没有说出口。可是被扔掉的不是自己吗?

"再见,小姐。"苗子又说,"趁没人看到……"

千重子心里闷闷的,她说:"我家的店就在附近,苗子,至少去店门前走走吧。"

苗子摇了摇头说:"你的家人呢?"

"家人吗?只有父母……"

"我不知道为什么,就是觉得你是被宠爱着长大的。"

千重子拉住苗子的袖子说:"我们在这里站得太久了。"

"是啊。"

接着,苗子转身面向御旅所恭恭敬敬地拜了拜,千重子也连忙效仿。

"再见。"苗子第三次说。

"再见。"千重子也说。

"我有千言万语想对你说,有时间一定要来村里啊。躲在杉树林里,谁都看不见的。"

"谢谢你。"

但两人依然不自觉地向四条大桥的人流中走去。

八坂神社地区的居民非常多。直到宵山和十七日的山鉾巡行结束之后,还会有其他节日。店门打开,纷纷装饰着屏风。以前还有早期浮世绘、狩野派、大和绘、宗达的对开屏风。浮世绘真品中还有南蛮屏风,典雅的京城风俗画上也画着外国人,表现出京城人春风得意的气势。

如今,这些屏风留在了鉾车上。用的是进口的唐织锦、葛布兰花壁毯、毛织品、金线织花锦缎、仿织锦刺绣等。桃山风格的大花伞中增加了从外国引进的异国之美。

鉾车里也有当时著名画家笔下的作品。鉾头能看到鉾柱,据说是朱印船[①]的桅杆。

祇园伴奏音乐的节奏虽然简单,但实际上是有二十六套音乐,据说和壬生狂言[②]的伴奏相似,与雅乐伴奏也很相似。

在宵山时,一座座鉾车用灯笼装饰,音乐声也越发高昂。

四条大桥东端虽然没有鉾车,不过依然人山人海,一直延伸到八坂神社。

千重子来到大桥附近,和苗子被人群冲散了一些。

"再见。"虽然苗子说了三次,不过千重子依然犹豫该在这里告别,还是去太吉郎的店前走走,告诉苗子店铺的所在地,对苗子温暖

---

① 朱印船:是指持有"异国渡海朱印状",被许可前往安南、暹罗、吕宋、柬埔寨等东南亚国家进行贸易活动的船只。
② 壬生狂言:日本佛教用语,又作壬生大念佛,是日本京都壬生寺举行之无言剧。

的亲近感仿佛涌上了心头。

"小姐，千重子。"过桥时，有人叫了苗子一句，接着，秀男走到她面前。他把苗子认成了千重子，"你一个人来看宵山吗？"

苗子停住了脚步，可是并没有回头看千重子。

千重子突然藏在了人群后面。

"啊，天气真好。"秀男对苗子说，"明天应该也是个好天气，星星那么明亮……"

苗子抬头仰望天空，不知道该如何回答，她当然不认识秀男。

"前几天我对你父亲做了很失礼的事情，那条腰带还不错吧？"秀男对苗子说。

"嗯。"

"你父亲后来有没有生气？"

"哎。"苗子不知道他在说什么，也无法回答，但是她并没有看向千重子。

苗子不知如何是好。如果千重子愿意见这个年轻男人，应该会主动靠近的。

男人的额头挺大，肩膀宽阔，眼睛发直，但是苗子觉得他一定不是坏人。既然他提到了腰带，应该是西阵的织布工。由于长年坐在织布机前弯腰织布，体型多少会有些变化。

"我一个毛头小子，却对你父亲设计的图案指手画脚，想了一个晚上，我还是织出来了。"秀男说。

"……"

"一次也好，你系过那条腰带吗？"

"嗯。"苗子含糊地回答。

"怎么样？"

虽然大桥上不如大路明亮，拥挤的人流会挡住两人，可秀男会认错人，苗子依然觉得很奇怪。

如果双胞胎在同一个家里被共同养大，确实会难以分辨，可千重子和苗子的生活完全不同，在不同的地方长大。苗子觉得这个男人或许是近视眼。

"小姐，我想为你设计一条唯一的腰带，作为二十岁的纪念，我会投入我的全部心血去完成它。"

"啊，谢谢你。"苗子结结巴巴地说。

"能在祇园祭的宵山遇见你，或许是腰带上有神明的保佑吧。"

"……"

苗子只能认为是千重子不想让这个男人知道自己有双胞胎，所以才不愿意来到两人身边。

"再见。"苗子对秀男说。

秀男有些出乎意料，不过还是回答："嗯，再见，我可以为你织腰带吧。我会赶在红叶的季节之前完成……"

强调了一句后，秀男与苗子告别。

苗子四下张望，却没有找到千重子。

刚才那个年轻男人，还有腰带对苗子来说都不重要，她只是为神明的眷顾让她在御旅所前遇到千重子而感到高兴。她抓着桥边的栏杆，久久眺望着水中倒映的灯火。

然后信步走向桥头，打算去四条大街尽头的八坂神社祭拜。

走到大桥中间时，她看到千重子在和两个年轻男人站着说话。

"啊。"苗子自言自语地小声叫了一声，不过并没有走近他们。她漫不经心地扫了一眼三个人的身影。

千重子想：苗子和秀男站在那里究竟说了些什么呢？秀男明显是将苗子当成了千重子，苗子一定在为该如何回答秀男而困扰。

自己要是走到两人身边就好了，可是不能过去。不仅不能过去，而且在秀男把苗子叫成"千重子"的时候，自己甚至立刻藏在了人群中。

为什么？

在御旅所前见到苗子，千重子内心的波动远比苗子激烈。苗子之前就知道自己有一个双胞胎姐妹，并且一直在寻找她。可千重子做梦都没有想到，因为太突然，千重子没办法像苗子见到自己时那般开心。

而且，千重子今天才从苗子口中得知自己的亲生父亲从杉树上掉下来摔死了，亲生母亲也已经早逝。千重子的胸口被刺痛了。

以前，她只是从邻居的闲话中听说自己是弃儿。可她尽量不去想是什么样的双亲丢掉了自己，就算想也不会有结果，而且太吉郎和阿繁的爱足够深厚，她没有必要去想。

在今晚的宵山，听了苗子的话，千重子既没有感到寂寞，也没有感到幸福。不过她对苗子这个姐妹萌生出一股温暖的爱意。

"她比我更纯洁，干活勤快，身体也结实。"千重子喃喃自语，"或许我什么时候还要依赖她呢……"

就在她茫然地走过四条大桥时，真一叫住了她："千重子，千重子。你怎么一个人恍恍惚惚地走着呢？脸色也不太好看啊。"

"啊，真一。"千重子好像才回过神来，"你小时候打扮成稚儿坐在长刀锌上的样子好可爱啊。"

"那时候可累了，不过现在倒是很怀念。"

真一带来了一个人。

"这是我哥，在上研究生。"

真一的这位哥哥和弟弟长得挺像，他生硬地朝千重子鞠了一躬。

"真一小时候胆子小又可爱，漂亮得像个女孩子，所以才被选成了稚儿，真是太傻了。"哥哥放声大笑。

三人走到了大桥中间。千重子看着真一的哥哥那张阳刚的脸。

真一说："千重子，你今天晚上脸色苍白，好像很伤心啊。"

"因为大桥中间的光线吧？"千重子说着，踩了踩脚下。

"而且来看宵山的人都兴高采烈的，怎么会有一个女孩子看起来很伤心呢？"

"这可不行。"真一把千重子推向了大桥的栏杆，"你靠一会儿吧。"

"谢谢。"

"虽然河上的风也不大……"

千重子把手搭在额头上，闭起了眼睛。

"真一，你打扮成稚儿乘坐长刀锌的时候多大？"

"嗯，算起来应该是七岁吧，好像是上小学的前一年……"

千重子点了点头没有说话。她想要擦一擦额头和脖子上渗出的冷汗,把手伸进怀里,摸到了苗子的手帕。

"啊。"

那块手帕被苗子的泪水沾湿了。千重子捏紧手帕,不知道该不该拿出来。她把手帕握在手心里擦了擦额头,险些流下泪水。

真一表情诧异。他明白按照千重子的性格,不会将手帕揉得皱皱巴巴再收进怀里。

"千重子,很热吗?是不是身上发冷?热感冒可不容易好,你快点儿回家吧。我们送送你,哥哥?"

真一的哥哥点了点头,他在此之前一直盯着千重子。

"我家就在那边,不用送……"

"就因为近,才更要送。"真一的哥哥坚决地说。

三个人从大桥中间折返。

"真一,你打扮成稚儿坐着鉾车巡行的时候,我就跟在后面,你知道吗?"千重子问。

"我记得,记得。"真一回答。

"我很小吧。"

"是很小。稚儿东张西望是不像话的。不过我知道有个小小的女孩子在跟着我。很累吧,被人群推着向前走……"

"我已经没办法变成那么小了。"

"你在说什么啊?"真一轻轻吸了一口气,觉得今天晚上的千重子有些奇怪。

把千重子送回家后,真一的哥哥礼貌地跟千重子的父母打了招呼。真一就站在哥哥身后。

太吉郎在里屋和一位客人喝节日酒。其实也称不上喝酒，不过是陪陪客人。阿繁在一旁伺候，时不时起身。

"我回来了。"千重子说。

"欢迎回来，真早啊。"阿繁说完，偷偷看了看女儿的神情。

千重子礼貌地向客人打过招呼，对母亲说："母亲，要是回来得太晚，就帮不上忙了……"

"好，好。"母亲阿繁向千重子轻轻使了个眼色，两人一起走向厨房去取酒罐。

"千重子，你看起来怎么心神不宁的，是被人送回来的吧？"

"嗯，是真一和他哥哥送我回来的……"

"是啊。你脸色不好，身子摇摇晃晃的。"阿繁把手轻轻贴在千重子的额头上，又温柔地抱着她说，"没发烧。不过你看起来很难过。今天晚上有客人在，你就和我一起睡吧。"

千重子忍住了欲滴的眼泪。

"你先去里屋的二楼休息吧。"

"好，谢谢……"母亲的疼爱让千重子心情开朗了些。

"客人少了，你父亲也觉得寂寞，虽说晚饭的时候还来了五六个人……"

千重子已经拿来了酒壶。

"喝得够多了，这些就够了。"

千重子斟酒的手在颤抖，所以她用左手托住，可是依然在微微颤抖。

当天晚上，中庭的基督灯笼也点上了火，大枫树凹陷处的两株紫花地丁隐约可见。

花已经谢了，上下两株小小的紫花地丁不就是千重子和苗子吗？两株紫花地丁看起来素未谋面，可今晚不是见到了吗？千重子在朦胧的火光中看着两株紫花地丁，眼泪再次涌上眼眶。

太吉郎也注意到千重子情绪不对，时不时看她一眼。

千重子悄悄起身上了里屋二楼。平时用的卧室中铺上了客人的床铺。千重子从抽屉里取出自己的枕头，钻进被子里。

为了不让别人听到抽泣声。她用枕头捂住脸庞，紧紧抓住枕头两边。

阿繁上来了，看到千重子枕头上的泪迹，取出一个新枕头，留下一句"给你，我一会儿再上来"，就立刻下楼去了。她在楼梯上停住脚步，回头看了一会儿，可是什么都没有说。

地上能铺下三床被褥，不过只取出了两床，而且是千重子的被褥。母亲似乎打算睡在千重子的被子里。

只是在床脚叠放着两床麻布夏被，分别是母亲和千重子的。

阿繁没有取出自己的被褥，而是取来了女儿的。虽然只是微不足道的小事，却让千重子感到了母亲的用心。

于是千重子止住眼泪，心情也平静了下来。

虽然千重子坚信自己是这家的孩子，但是见到苗子后，她突然心乱如麻，无法抑制。

千重子站在梳妆台前端详自己的面孔。她想化妆遮一遮泪痕，最后还是作罢。只是拿来香水瓶在床上洒了几滴。然后重新系好窄腰带。

当然,她没能轻易入睡。

"我是不是对苗子太无情了?"

她闭上眼睛,脑海中浮现出中川村那片漂亮的杉山。

通过苗子的话,千重子大致了解了自己的亲生父母。

"我应该告诉这里的父母呢?还是瞒着他们更好?"

恐怕这家店里的父母也不知道千重子出生在什么地方,不知道她的亲生父母是谁。就算想到亲生父母已经不在这个世界上了,千重子也没有流泪。

城里传来了祇园的伴奏声。

楼下的客人好像是近江长滨的绸绸商人。喝得有些上头,嗓门大了,声音时不时都传到了千重子睡觉的里屋二层。

客人似乎在絮絮叨叨地说着巡行队伍从四条大街通往宽敞的现代化河原町,转过疏散了人群的御池通,在市政府前甚至建起了观众席,都是为了所谓"旅游"。

以前,巡行队伍会穿过有京都风情的小路,还会稍稍碰坏几栋房子,不过充满情调,还能从二楼拿到粽子。现在粽子都需要撒。

四条大街就罢了,一旦鉾车拐进窄路就看不清下半部分了。那样挺好。

太吉郎温和地解释说,宽敞的大路方便看清鉾车的全貌,更气派。

千重子现在仿佛还能躺在床上听到鉾车巨大的木头车轮转过十字

路口时的声音。

今晚的客人看起来要住在隔壁的房间，千重子打算明天就把从苗子口中听说的所有消息都告诉父母。

听说北山杉的村子里都是私人经营，但是并非所有人家都是山林的主人，有山林的人很少。千重子想，自己的亲生父母应该也是被山林的主人雇用的。

苗子自己也说过自己是雇工。

二十多年前，或许双亲觉得生下双胞胎不仅羞耻，而且别人都说双胞胎难养，再加上考虑到生计，最后舍弃了千重子。

有三件事情，千重子忘记问苗子了。父母扔掉千重子的时候她还是婴儿，为什么不是苗子，而是千重子？父亲是什么时候从杉树上掉下来的？苗子说的是"刚出生"……另外，苗子说她们不是出生在杉村，而是出生在妈妈的老家，在大山更深处，那究竟是什么地方呢？

苗子觉得被扔掉的千重子如今身份不同了，一定不能主动来找千重子。要是想和苗子说话，千重子必须去苗子工作的地方。

但是千重子不能瞒着父母去。

千重子读过很多遍大佛次郎的名篇《京都之恋》。文章中的一段话浮现在她脑海中："北山原木杉树林苍翠的树梢层层叠叠，如同厚重的云层。赤松树干纤细明丽，整座大山如同音乐一般，送来树木的歌声……"

比起节日的音乐和喧嚣的人声，园山厚重连绵的音乐、树林的歌声更能打动千重子的心。她仿佛穿过了北山的众多彩虹，听到了那里的音乐、歌声……

千重子的悲伤渐渐淡去，或许那并不是悲伤，而是突然见到苗子的惊讶、困惑和尴尬。可能是女孩子或许天生就爱流泪吧。

千重子翻了个身，闭上眼睛聆听大山的歌声，心想："苗子明明那么开心，我是怎么回事呢？"

不久后，客人随父母来到了里屋二楼。父亲对客人说："请您好好休息。"

母亲叠好客人脱下的衣服走进千重子所在的房间，正打算叠父亲脱下的衣服，千重子说："母亲，我来吧。"

"你还没睡？"母亲把衣服交给千重子，躺在床上语气开朗地说："年轻人身上真香啊。"

近江来的客人或许是喝多了酒，纸拉门对面很快响起鼾声。

"阿繁，"太吉郎叫了一声旁边床上的妻子，"有田先生是不是想把他儿子送到我们家来啊？"

"当店员，还是员工吗？"

"当养子，千重子的……"

"千重子还没睡呢，别说这些。"阿繁打断了丈夫的话。

"我知道，我想让千重子也听听。"

"……"

"是他家的二儿子，来咱们家跑过好几次腿了。"

"我不太喜欢有田先生。"阿繁声音很轻，不过语气坚决。

千重子心中，山里的音乐消失了。

"喂,千重子。"母亲翻身朝向女儿。千重子睁着眼睛,却没有回答。两人一时间都沉默了。千重子并起脚尖一动不动。

"我觉得有田先生,是想要这家店吧。"太吉郎说,"而且他很清楚千重子这么漂亮,是个好姑娘……也很清楚供货商的情况和我们家的生意。我们店里也有人会跟他说得一清二楚。"

"……"

"千重子再怎么漂亮,我也从没想过要为了家里的生意让她跟某人结婚,对吧,阿繁。那样对不起神明啊。"

"是啊。"阿繁说。

"我不适合做生意。"

"父亲,我让你把保罗·克利的画集带去嵯峨山的尼姑庵,实在要请你原谅。"千重子起身向父亲道歉。

"说什么话,那是我的兴趣嘛,也是种慰藉,现在成了我生存的意义。"父亲轻轻点了点头,"可我没有设计图案的才能……"

"父亲。"

"千重子。我们卖掉这间批发店,去西阵也好,或者搬去安静的南禅寺或者冈崎附近的小房子,我们俩一起画和服和腰带的图案怎么样?你能受得了贫穷吗?"

"贫不贫穷,我完全不……"

"是吗?"父亲没再说什么,不久就睡着了。千重子却无法入睡。

可第二天早上,她又早早醒来,打扫店门前的街道,擦格子窗和折凳。

祇园祭还在继续。

十八日和之后的伐木仪式，二十三日的后祭宵山、屏风祭，二十四日的花伞巡行，之后还有狂言奉纳，二十八日的神舆洗，然后回到八坂神社，在二十九日举行神事结束的奉告祭。

几座山都是寺庙集中的地方。

过完了将近一个月的节日，千重子始终无法平静下来。

秋色 I

明治"文明开化"留下的痕迹之一,沿堀川①行驶的北野线电车终于要拆了。这是日本最古老的电车。

众所周知,这座千年古都最先引进了几项西方的新事物,京都人也有新潮的一面啊。

但是这列叮当作响的老朽电车一直运行到现在,恐怕也是因为这里是"古都"吧。车厢自然很小,坐下后都能碰到对面人的膝盖。

不过突然说要拆,大家总觉得怀念,于是用假花将电车打扮成了"花电车",还让穿明治服装的人坐上去,再将此事在市民中广而告之。也算是一个"节日"吧。

连续几天,原本不需要坐车的人都挤上去,把旧电车挤得满满当当。当时是七月,还有人撑着阳伞。

京都的夏天,日头比东京还烈,不过东京如今已经看不到打着阳伞走路的人了。

太吉郎在京都站前正打算乘坐花电车,有一个故意躲在后边的中年妇女似乎忍着笑意。太吉郎也算有几分明治的气质。

---

① 堀川:经京都市中央向南流淌的河。从贺茂川分流,在南区上鸟羽东南方与鸭川汇合。

坐上电车，太吉郎注意到了那个女人，有些不好意思地说："什么嘛，你没有明治的气质吧。"

"很接近明治了，而且我家就住在北野线上。"

"这样啊，好吧。"太吉郎说。

"你这话说得太薄情了……不过，你认出我了吧？"

"你带着可爱的孩子躲到哪里去了？"

"真傻……你不是知道那孩子不是我的吗？"

"那我可不知道，女人啊……"

"你说什么呢，不是说男人喜欢伪装嘛。"

女人带着的少女确实皮肤白皙，乖巧可人，十四五岁的样子。浴衣上系着一条红色细带。女孩害羞，坐在女人身边一言不发，好像在躲着太吉郎似的。

太吉郎轻轻拉了拉女人的衣角。

"小千，坐中间来。"女人说。

三个人一时间都没有说话，女人越过女孩的头和太吉郎窃窃私语。

"我经常在想，要不要让这孩子去祇园做舞伎呢。"

"她是谁家的孩子？"

"附近茶室的孩子。"

"嗯。"

"还有人觉得是你和我的孩子。"女人嘟囔着，声音几不可闻。

"什么话。"

女人是上七轩①里一间茶室的老板娘。

"这孩子要拉着我去北野天神庙……"

太吉郎听懂了老板娘的玩笑,问那名少女:"你多大了?"

"我上初一。"

"嗯。"太吉郎打量着女孩说,"等我去了那个世界,转世投胎的时候再拜托你吧。"

她毕竟是烟花柳巷的孩子,似乎多少听懂了太吉郎这番奇怪的话。

"这孩子为什么要拖着你去天神庙啊?她是天神的化身吗?"太吉郎捉弄老板娘说。

"就是,就是。"

"天神是男的……"

"转生成女的了。"老板娘一本正经地说,"如果是男的,不是又要遭流放的罪了嘛。"

太吉郎差点儿笑出来:"你说是女的?"

"女的,是啊,女的,嫁个好人就会被宠着吧。"

"嗯。"

不可否认,女孩花容月貌,刘海乌黑发亮,双眼顾盼生辉。

"她是独生女吗?"太吉郎问。

"不是,有两个姐姐。大姐明年春天就要初中毕业了,可能要出

---

① 上七轩:位于日本京都市上京区的一条花街。

来干活。"

"和这孩子像吗？漂亮吗？"

"像是像，不过没她漂亮。"

"……"

上七轩现在一个舞伎都没有。就算要做舞伎，也必须上完初中。

既然名叫上七轩，估计以前只有七间茶室，太吉郎不知道从谁那里听说，现在已经增加到二十间了。

以前，并不是很久之前，太吉郎经常和西阵的织布商或者外地的老主顾去上七轩玩。当时那些女人自然而然地浮现在他的脑海中。太吉郎的店也曾经繁荣过。

"老板娘也是个怪人啊，还会来坐这种电车……"太吉郎说。

"做人嘛，怀旧很重要。"老板娘说，"做我们这份生意的，可不能忘记以前的客人……"

"……"

"而且今天我是送客人来车站的，要坐这趟电车回去……佐田先生你才奇怪呢。一个人跑来坐车……"

"是啊，为什么呢？花电车这玩意儿明明只要看看就好。"太吉郎歪着头说，"我是在怀念过去呢，还是现在太寂寞了呢？"

"你可不是该说寂寞的年纪，和我们一起走吧，只看看年轻姑娘也好……"

太吉郎被带到了上七轩。

老板娘径直走到北野神社的神像前，太吉郎也跟了上去。老板娘虔诚地祈祷，花了很长时间，少女也低着头。

老板娘回到太吉郎身边后说："该让小千走了。"

"嗯。"

"小千，回去吧。"

"谢谢。"女孩向两人道别。她越走越远，步伐越来越像中学生的样子。

"不错吧，你好像挺喜欢那孩子。"老板娘说，"再过两三年她就要出来干活了，敬请期待吧。从现在开始期待，她一定能出落成一个美人。"

太吉郎没有回答。既然已经来到了这里，他本来打算在宽广的神社里散散步，看看景，可是天气太热了。

"我去你那里休息一下吧，有些累了。"

"好，好。我一开始就是这么打算的，你好久没去了。"老板娘说。

来到旧茶室后，老板娘一本正经地说："欢迎光临，真是好久不见，总听人说起您呢。"

"躺一下吧，我去帮你拿枕头来。啊，你说寂寞吧，找个温顺的人说说话……"

"以前见过的艺伎就算了。"

太吉郎正打着瞌睡，一个年轻的艺伎走了进来。艺伎静静地坐了一会儿，两人第一次见面，她一定不知道如何是好。太吉郎发着呆，完全不想提起话头。艺伎想挑起客人的兴致，说到自己出来工作后，喜欢的人有四十七个。

"刚好是赤穗四十七义士①,有四五十个人呢。现在想想真是好笑……不过大家都笑话我是单相思。"

太吉郎彻底清醒了,问她:"现在呢?"

"现在只有一个人。"

这时,老板娘也走进了客房。

太吉郎想,这名艺伎二十岁上下,真的能记住"四十七个"没有深交的男人吗?

而且,她还说自己刚做艺伎第三天,带一名看着不顺眼的客人去洗手间,结果突然被强吻了。她咬了客人的舌头。

"流血了吗?"

"嗯,是流血了。那位客人生了好大的气,让我赔治疗费。我哭了,引起了一场小小的骚乱。不过这是他挑起的吧,我已经忘了他的名字了。"

"嗯。"太吉郎看着艺伎的脸心想:这个纤瘦削肩的京都美人看起来温柔娴静,仅仅十八九岁的时候,竟然就会突然咬人啊。

"让我看看你的牙。"太吉郎对年轻艺伎说。

"牙?我的牙吗?说话的时候就能看到吧。"

"我想看清楚些,来吧。"

"不,那多不好意思。"艺伎闭上了嘴,"太吉郎先生,这样不

---

① 赤穗四十七义士:赤穗地区的四十七名武士为保全主君尊严而杀人,被德川幕府勒令集体自杀。

行。我连话都说不了啦。"

艺伎可爱的嘴角露出两颗洁白小巧的牙齿。太吉郎戏弄她说:"你的牙断了,接的假牙吧?"

"舌头是软的啊。"艺伎稀里糊涂地说完,躲在老板娘背后害羞了,"讨厌,真是的……"

过了一会儿,太吉郎对老板娘说:"都来到这了,顺便去趟中里吧?"

"好。中里的老板娘也会很开心的,我能和你一起去吗?"老板娘站了起来,大概是要去梳妆台前整理一下。

中里的门面没有变,客房却翻新了。

又有一名艺伎加入,太吉郎在中里留到了晚饭后。

秀男来到太吉郎店里时,正好是他离开的这段时间。他来找小姐,于是千重子来到了店里。

"我把祇园祭时约好的腰带图案画好了,来让你看看。"秀男说。

"千重子,"母亲阿繁叫道,"来里屋吧。"

"好。"

在能看到中庭的房间里,秀男向千重子展示了图案。一共有两幅,一幅是有叶子搭配的菊花,菊叶形状新颖,甚至看不出是叶子。另一幅是枫叶。

"真好看。"千重子看入了迷。

"你能喜欢,我很高兴……"秀男说,"你来选一幅吧。"

"是啊,选菊花的话,一年到头都可以系。"

"那我就织菊花的吧,可以吗?"

"……"

千重子低下头,表情忧愁,吞吞吐吐地说:"两幅都好,可是……你能织出长满杉树和赤松的山峰图案吗?"

"长满杉树和赤松的山峰?好像有些难,不过我想想看吧。"秀男诧异地看着千重子。

"秀男,请原谅。"

"没什么需要道歉的……"

"那个,"千重子犹豫之后说,"过节那天晚上,在四条大桥上和秀男约定织腰带的人其实不是我,你认错人了。"

秀男没有说话,他无法相信,表情疲惫。他是为了千重子才费尽心思设计图案的。可是现在,千重子是打算彻底拒绝他吗?

可如果是这样,那千重子说的话,做的事就有些让人纳闷儿了。秀男稍稍平复了一下暴躁的脾气。

"我见到的是小姐的幻影吗?我和千重子的幻影说了话吗?在祗园祭上出现的,是幻影吗?"但秀男并没有说那是"心仪之人"的幻影。

千重子板起脸说:"秀男,当时和你说话的是我的姐妹。"

"……"

"是姐妹。"

"……"

"我也是那天晚上第一次见到那位姐妹。"

"……"

"我还没有把她的事情告诉我父母。"

"嗯？"秀男大吃一惊，他搞不懂了。

"你知道北山原木村吧？那姑娘就在村子里工作。"

"嗯？"

这番话出乎秀男的意料，让他哑口无言。

"你知道中川町吧？"千重子说。

"嗯，坐公交车去过……"

"送她一条你织的腰带好吗？"

"嗯。"

"请给她织一条吧。"

"好。"秀男依然疑惑地点了点头，"所以你说要长满赤松和杉树的山峰图案吗？"

千重子点了点头。

"好。可是会不会太靠近她的生活了？"

"这就要看秀男的设计了吧？"

"……"

"她会珍惜一辈子的。那姑娘叫苗子，虽然不是山林主人的女儿，但干活很勤快。比我踏实、可靠多了……"

秀男依然不太明白，不过他说："既然是小姐的请求，我一定会认真织。"

"我再说一次，那姑娘叫苗子。"

"我知道了。不过，她为什么和你长得那么像呢？"

"她是我的姐妹。"

"就算是姐妹……"

千重子没有告诉秀男,两人是双胞胎。

因为两人当时穿着夏季节日时的轻便衣裳,所以或许秀男在夜晚的灯光中把苗子错认成了千重子,但这并不是看错的原因。

漂亮的格子门外还有一层格子,同样摆好了折凳,店面很深。虽然现在已经落后于时代,可秀男依然不明白京都和服批发商家的大小姐,为什么会有一个在北山杉原木店当雇工的姐妹。但这不是他可以深究的事情。

"腰带做好之后送到这里吗?"秀男说。

"这个啊,"千重子思考片刻后说,"能直接送到苗子手上吗?"

"可以。"

"那就直接送给她吧。"千重子的请求里似乎带着良苦用心,"就是有些远……"

"好,说远也不远。"

"苗子该多开心啊。"

"她会收下吗?"秀男的疑问很有道理,苗子大概会大吃一惊吧。

"我会和苗子说清楚的。"

"是吗?既然如此……我保证送到,她家住在什么地方?"

因为千重子也还不知道,便说了一句:"苗子家啊。"

"对。"

"我会打电话或者写信告诉你。"

"这样啊。"秀男说,"既然有两位千重子小姐,我会当成小姐你的腰带用心织好送去的。"

"谢谢。"千重子鞠了一躬,"拜托你了。你觉得奇怪吗?"

"……"

"秀男,这不是给我的腰带,请你为苗子织一条腰带。"

"好,我知道了。"

不久后,秀男走出店门,依然满腹疑云。不过他必须开始考虑腰带的图案了。长满赤松和杉树的山峰,如果图案不够大胆,作为千重子的腰带恐怕会显得土气。秀男依然认为这是给千重子的腰带。如果要给那位名叫苗子的姑娘,那么就像他对千重子说过的那样,就一定不能与苗子的工作和生活产生冲突。

秀男向四条大桥走去,他就是在那里遇到了"他以为是千重子的苗子",或者"他以为是苗子的千重子"。不过正午的阳光太炽热,他靠在桥边的栏杆上闭上眼睛,想听到的并非人潮和电车的轰鸣,而是几不可闻的流水声。

今年,千重子没有看大文字[①]。就连母亲阿繁都罕见地被父亲带出了门,而千重子却选择留在家里。

---

① 日本京都每年盂兰盆节期间的8月16日,在环绕京都的五座山上按"大文字""左大字""船形""鸟居形""妙法"等字形点篝火。

父亲他们和周围关系亲近的两三家批发商包下了木屋町二条下的一间茶室。

八月十六日点起的大文字是送神火。据说原本的习俗是在晚上抛出火把，送虚空中的灵魂回归冥府，后来改成了在山上点篝火。东山如意峰点起的字样是"大"，不过实际上会有五座山点起篝火。靠近金阁寺的大北山是"左"，松崎山是"妙法"，西贺茂明见山是"船"形篝火，上嵯峨山是"鸟居"形篝火，相继点起，合称五山送火。在送神火的四十分钟里，室内的霓虹和广告灯都要熄灭。

神火照亮的山色和夜空的色彩让千重子感受到初秋的气息。比大文字早半个月，在立秋前夜，下鸭川神社举行了夏越祭。

以前，千重子为了看大文字，经常偕几名好友爬上加茂堤。

虽然她从小就看惯了大文字，可是随着年龄增长，她开始冒出"今年又到点大文字的时节了……"的念头。

千重子走出店外，附近的孩子们正围着折凳玩耍。小孩子似乎并不在意大文字，他们更喜欢烟花。

可是今年夏天的盂兰盆节让千重子多了一重新的悲伤。因为在祇园祭上，她见到了苗子，从苗子口中得知了亲生父母早早离世的消息。

"对了，明天去看看苗子好了。"千重子想，"还要跟她说清楚秀男织腰带的事呢。"

第二天下午，千重子穿上一件不起眼儿的衣服出了门。她还不想在阳光下看到苗子。

她在菩提瀑布下了车。

北山町正是忙碌的时节。男人们已经开始为杉树原木剥皮。杉树皮堆积如山，向周围滑落铺开。

千重子犹犹豫豫地走了几步，苗子一溜烟儿地跑了过来。

"小姐，你可来了，真是、真是太好了……"

千重子看到苗子一副干活的打扮，问："你现在方便吗？"

"嗯，我看到你过来，于是今天请了假。"苗子气喘吁吁地拉着千重子的袖子说，"去杉山里说话吧，在那里谁都看不见我们。"

苗子匆匆解下围裙，铺在土地上。丹波棉布做的围裙一直围到腰后，大小足够两人并排坐在上面。

"坐吧。"苗子说。

"多谢。"

苗子摘下盖在头上的手帕，一边用指头捋头发一边说："你真的来了啊。我好开心，好开心……"她的眼睛炯炯有神地看着千重子。

泥土的味道，树木的味道，也就是杉山的味道扑鼻而来。

"从下面看不到这里。"苗子说。

"我喜欢杉树林，偶尔会来看，不过这还是第一次走进杉山里。"千重子四处张望。一棵棵几乎同样粗细的杉树笔直挺立，包围着两人。

"这是人工种植的杉树。"苗子说。

"嗯？"

"这些树都有四十年左右树龄，马上就要被砍下做成柱子什么的了。如果继续长下去，应该会继续变粗变高吧，我偶尔也会想到这些。我更喜欢原生林,这个村子就像在做鲜切花一样的东西……"

"……"

"如果世界上没有人类,就不会有京都那样的城市,那里就会是一片自然的森林或者长满杂草的草原吧。这片地方不就是鹿和野猪的领地吗?人为什么要存在于世界上呢?人类真可怕……"

"苗子,你在思考这些事情吗?"千重子惊讶地问。

"嗯,偶尔……"

"苗子,你讨厌人类吗?"

"我很喜欢人类,可是……"苗子回答,"虽然我最喜欢人类了,可是如果这片土地上没有人,会变成什么样呢?有时我在山里打个盹之后,就会突然想到这些……"

"这是藏在你心底深处的厌世情绪吗?"

"我最讨厌厌世什么的了。我每天都开开心心地干活……可是人类啊……"

"……"

两个姑娘所在的杉林里,天色突然暗了下来。

"要下暴雨了。"苗子说。雨水在杉树树梢的叶子上凝聚成一颗大水珠,落到地上。

随后,雷鸣声响彻云霄。

"好可怕,好可怕。"千重子脸色苍白,握紧了苗子的手。

"千重子,蹲下缩起来。"苗子说完便扑在她身上,几乎完全抱住了她。

雷声越来越响亮，闪电和雷鸣声此起彼伏，响声如同山崩地裂。

仿佛正在向两个姑娘的正上方靠近。

雨点打在杉树的树梢上噼啪作响，每道闪电的光都会打在地面上，照亮两名姑娘周围的杉树树干。原本美丽挺拔的树丛突然变得阴森可怖。来不及细想，雷鸣声再次响起。

"苗子，雷要劈下来啦。"千重子把身体缩得更紧了。

"雷可能会劈下来，不过不会劈在我们身上的。"苗子坚定地说，"怎么会劈在我们身上！"然后她将千重子抱得更紧了些。

"小姐，头发有些湿了。"苗子用手帕擦拭着千重子脑后的头发，折叠后盖在千重子的头上。

"虽然或许会有几滴雨水洒下，不过小姐，雷绝对不会落在你身上或落在你附近。"

千重子本性刚强，听了苗子坚定的话语，稍稍平静了一些说："谢谢，真是谢谢你。你护着我，身上都湿透了吧？"

"我穿着工作服，完全不用在意。"苗子说，"我很高兴。"

"你腰上闪闪发光的，那是什么……"千重子问。

"啊，是我粗心了，是镰刀。我刚才正在路边给杉树原木剥皮，看到你就跑过去了。这是我用的镰刀。"苗子注意到镰刀，赶紧把它扔远，嘴里还说着"真危险"。那是一把木柄小镰刀。

"回去的时候再捡起来吧。不过我不想回去……"

雷声仿佛越过了两人的头顶。千重子清楚地感受到苗子用整个身体盖住自己的姿势。

虽然是夏天，山里的暴雨还是会让人手指尖发冷，不过苗子包裹着千重子的身体，她的体温从头到脚扩散开去，深深地沁入千重子体内。那是一股难以言喻的亲密温度。千重子闭了一会儿眼睛，心中满是幸福，她又说了一遍："苗子，真的谢谢你。在母亲肚子里的时候，你也是这样抱着我的吧。"

"那时候我们肯定是你推我我推你，踢来踢去的吧？"

"是啊。"千重子笑了，声音里带着骨肉亲情。

暴雨仿佛和雷声一起过去了。

"苗子，真的谢谢你，我已经好了。"千重子动了动身子，想从苗子身下站起来。

"好，不过还是再蹲一下吧，杉树叶子上积攒的雨滴还会落下来……"苗子趴在千重子身上说。

千重子抚着苗子的背说："你身上都湿透了，不冷吗？"

"我习惯了，没事。"苗子说，"小姐能来，我很高兴，身上暖和得很，小姐你也淋湿了一些。"

"苗子，父亲就是在这附近从杉树上掉下来的吗？"千重子问。

"我不知道，我当时还是个小婴儿。"

"母亲的老家呢？外公外婆还在吗？"

"这我也不知道。"苗子回答。

"你不是在老家长大的吗？"

"小姐，你为什么要问这些？"听到苗子严肃的语气，千重子不再说话。

"小姐，你没有那样的亲人。"

"……"

"只要你愿意把我一个人当姐妹,我就很感激了,我在祇园祭上说了些多余的话。"

"嗯,我很高兴。"

"我也是……不过,我不会去小姐的店里。"

"你能来看看多好,我也会告诉父母……"

"请不要这样做。"苗子强硬地说,"要是小姐像刚才那样遇到困难,我就是死也会保护你……你明白的吧?"

"……"千重子的眼眶发热,"苗子,过节那天晚上被认成了我,你很困扰吧?"

"嗯,是那个说些腰带之类的事情的人吧?"

"那个年轻人是西阵织腰带的织工,做事很踏实……他说要给你织腰带吧。"

"那是因为他把我认成了你。"

"前几天,他给我看了腰带的图案。我告诉他那天晚上不是我,是我的姐妹。"

"嗯?"

"我拜托他给我那个叫苗子的姐妹织一条腰带。"

"给我?"

"他不是和你约好了吗?"

"那是他认错人了。"

"我让他给我织一条,也给你织一条,就当是我们姐妹俩的信物……"

"我……"苗子吃了一惊。

"这是祇园祭上的约定吧?"千重子温柔地说。

苗子刚才保护了千重子,现在身体有些僵硬,一时动弹不得。

"小姐,小姐有难处的时候,我很高兴做你的替身,让我做什么都行,可是让我代替你收别人的东西,这绝对不行。"苗子斩钉截铁地说,"那样太不好意思了。"

"你不是我的替身。"

"就是替身。"

千重子想方设法要让苗子接受,她说:"如果是我送的,你也不愿意收吗?"

"……"

"是我想送给苗子,才让他织的。"

"这有些不对吧。是过节那天晚上,他认错了人,他本想给千重子小姐织腰带的。"苗子停顿了一下,"那个腰带店的人,那个织工,他特别喜欢小姐吧。我也是个女人,很清楚这些。"

千重子按捺住害羞的情绪说:"如果是这样,你不愿意接受吗?"

"……"

"我是让他织给我的姐妹的……"

"我会收下,小姐。"苗子坦率地让了步,"我说了些多余的话,还请你原谅。"

"那个人会把腰带送到你家,你家叫什么啊?"

"村濑家。"苗子回答,"那腰带很高级吧,我哪里有机会系呢?"

"苗子,谁都不知道自己的未来。"

"是啊,是啊。"苗子点了点头,"虽然我没什么出息……不过就算没有机会系,我也会把它当成宝贝的。"

"我家店里不太做腰带生意,不过我会帮你物色一件和服,来搭配秀男的腰带。"

"……"

"我父亲是个怪人,最近越来越不想做生意了。像我家这样卖杂货的批发商不可能都卖些好东西。现在化纤布料、毛织物也越来越多……"

苗子抬头看着杉树树梢,从千重子背后站起身来。

"还有些滴水……不过你这样挺难受的吧。"

"没有,多亏你……"

"小姐,你帮店里搭把手怎么样?"

"我?"千重子站起身,仿佛受到了冲击。

苗子的衣服湿透了,紧紧贴在身上。

苗子没有把千重子送到车站,比起自己全身湿透,更是因为考虑到那样太显眼。

千重子回到店里时,母亲阿繁正在土间的厨房给店员做点心。

"欢迎回来。"

"母亲,我回来了,有些太晚了啊……父亲呢?"

"进手工帷幔里去了，在想事情吧。"母亲盯着千重子说，"你去哪里了？衣服湿漉漉的，都皱了，快去换一件吧。"

"好。"千重子走上里屋二楼，一边慢条斯理地换衣服，一边静静坐了一会儿。下楼时，母亲已经把三点要吃的点心给店员分完了。

"母亲，"千重子的声音有些颤抖，"我有些话，只想对母亲说……"

阿繁点了点头："去里屋二楼吧。"

千重子稍稍有些僵硬地说："这边也下暴雨了吗？"

"暴雨？没有下，你要说的不是关于暴雨的事吧？"

"母亲，我去了北山杉的村子。那里有我的姐妹……我们是双胞胎，不知道谁是姐姐谁是妹妹。我在今年的祇园祭上第一次见到她。我们的亲生父母已经不在了。"

阿繁自然大吃一惊。她只是看着千重子的脸说："北山杉的村子？哎？"

"我不能瞒着母亲。不过我们只见过两次，就在祇园祭上和今天……"

"是个女孩子吧。她现在过得怎么样？"

"在杉树村子里给人干活，她是个好姑娘，可她不愿意来家里。"

"嗯。"阿繁沉默了一会儿，"知道这些也好。那千重子你……"

"母亲，我是这家的孩子，请你像以前一样，把我当成自己的孩子。"她的表情很专注。

"这还用说。千重子,你已经当了二十年我的孩子了。"

"母亲……"千重子伏在阿繁的膝盖上。

"其实啊,从祇园祭开始,你就经常在发呆,我还想问问你是不是有喜欢的人了呢。"

"……"

"让那孩子来咱们家一趟怎么样?在店员都回去之后的晚上也好。"

千重子在母亲膝盖上微微摇了摇头:"她不会来的,她还叫我小姐呢……"

"这样啊。"阿繁摸着千重子的头发说,"你能告诉我真好。她和你长得很像吗?"

丹波壶里的金铃子开始发出零星的叫声。

松林绿意 I

听到南禅寺附近有合适的房子出售的消息,太吉郎邀妻子和女儿趁秋色宜人,出门散步时顺便去看一眼。

"要买吗?"阿繁问。

"看看再说吧。"太吉郎突然拉下脸说,"挺便宜的,好像是栋小房子。"

"……"

"就算只是走走也好吧。"

"话虽如此……"

阿繁感到不安。要买下那栋房子,每天来往于店铺和家之间吗?和东京银座和日本桥一样,中京商店街也有越来越多的店主另置家产,来往于店铺和家之间。如果是这样,那还算好。太吉郎的店生意虽然越来越萧条,不过手头应该还有些余钱,可以另置一处家产。

但太吉郎的想法不是卖掉店铺,"隐居"在小房子里吗?或许他也想在还有余钱的时候尽早下决断。但如果是这样,丈夫想在南禅寺附近的小房子里做什么来维生呢?丈夫已经快六十岁了,阿繁想让他按照自己喜欢的方式生活。店铺能卖个好价钱,但是只靠利息生活,终究让人心里不踏实。要是能找个人好好利用这笔钱来赚钱,倒是能过得轻松,但阿繁一时间想不出这样的人。

虽然母亲没有说出自己的不安，不过女儿千重子明白。千重子还年轻，她望向母亲的眼睛里带着安慰。

和母亲相比，太吉郎的心情倒是开朗愉快。

"父亲，既然要去那边散步，能去青莲院一趟吗？"千重子在车里提出请求，"只去门口看看就好……"

"是樟树吧，你想看樟树。"

"是啊，"千重子没想到父亲的感觉如此敏锐，"我想看樟树。"

"去吧去吧。"太吉郎说，"我年轻的时候也和好友在樟树的树荫下天南海北地聊过天，不过那些朋友都已经不在京都了……"

"……"

"那附近处处都令人怀念啊。"

千重子让父亲沉浸在回忆中，许久后才开口："离开学校后，我也没有在白天看过那些樟树。父亲，你知道晚上观光巴士的路线吗？路线里的寺庙中有一个青莲院，车到站后，几名和尚会提着灯笼出来迎接。"

借着和尚手中灯笼的光，从车站走到大门有一段相当长的路程。不过可以说这才是情趣吧。

观光巴士的介绍中说，青莲院的尼姑和僧侣会沏一杯薄茶招待客人。千重子笑着说："可是当客人来到大厅，虽然确实有人出来招待，不过就是一个大盘子上放着一排排粗糙的茶杯，负责招待的人把盘子放下就走了。也许里面有尼姑在吧，不过动作快得根本看不清……茶也是温的，太让人失望了。"

"那是没办法的事。要是细心招待，要花不少时间呢。"父亲说。

"嗯，这还算好的。那个宽敞的庭院里到处都点着灯，一位和尚会走出来站在正中央侃侃而谈。虽然是在介绍青莲院，不过总是说些大话。"

"……"

"走进寺庙里，不知道什么地方会传来琴声，我朋友说不知道是真的有人在弹，还是录音机的声音……"

"嗯。"

"然后客人们去看祇园舞伎，舞伎确实在歌舞场里跳了两三曲，可真不知道那是哪里来的舞伎。"

"这话怎么说？"

"她们虽然系着垂带，但衣服看起来特别寒酸。"

"啊呀。"

"然后就从祇园出发去岛原的角屋去看太夫①。太夫的衣服都是高级和服，连身边的小丫头都是……借着烛光举行酒宴，像模像样的，然后在玄关的土间欣赏些太夫游街时的打扮。"

"嗯，能看到这些也挺不错啊。"太吉郎说。

"是的。青莲院的灯笼迎宾和岛原的角屋挺有意思。"千重子回答，"我以前好像说过这些事……"

---

① 太夫：日本高级艺伎。

"也带我去看看吧。我还没看过角屋呀、太夫什么的呢。"母亲正说着，一辆车停在了青莲院前。

千重子为什么想到要看樟树呢？因为之前在植物园的樟树林荫道上散过步吗？还是因为北山杉是人工种植的，所以她说喜欢自然的大树呢？

可是青莲院入口处石墙上的樟树只有一排四棵，其中最靠外的那棵看起来最古老。

千重子三人站在那棵樟树前抬头眺望，一言不发。就这样一直盯着看下去，大樟树的枝条弯曲成古怪的姿势，向四处伸展，交织的形状中仿佛寄宿着一股可怕的力量。

"看够了吧，走吧。"太吉郎向南禅寺的方向走去。

太吉郎从钱包里掏出通往出售房屋的地图，一边看一边说："千重子，虽然我对樟树不了解，不过那是长在温暖地带的南国树木吧？在热海啊、九州之类的地方能长得很茂盛。咱们这边的樟树虽然是老树了，可还是像大盆栽一样吧？"

"这就是京都吧？无论是山还是河，就连人也一样……"千重子说。

"啊，是啊。"父亲点了点头，"不过人可不都是一个样。"

"……"

"无论是现在的人，还是历史人物……"

"是啊。"

"要是按你说的，日本整个国家都是这样吧？"

"……"千重子觉得父亲说得太夸张了,"不过啊,父亲,仔细看樟树的树干和弯弯曲曲的枝条,不会觉得里面蕴藏着一股可怕的巨大力量吗?"

"这倒是。年轻姑娘会想这些吗?"父亲回头看了看樟树,然后盯着女儿说,"确实像你说的一样。就像你乌黑发亮的头发延伸出去了一样……是我迟钝了,老了啊。啊呀,你那番话真是精妙。"

"父亲。"千重子激动地呼唤父亲。

从南禅寺山门向寺庙看去,安静广阔的寺庙中和往常一样人烟稀少。

父亲看着地图转向左边。那栋房子格外小,不过土墙很高,纵深很长。窄门到玄关之间的路两旁,盛开着两排长长的白花胡枝子。

"啊呀,真漂亮。"太吉郎被白花胡枝子吸引了目光,伫立在门前。不过他已经不打算买这栋房子了,因为他看到旁边一栋稍大的房子建成了饭店兼旅馆。

只是一排排白花胡枝子让他流连忘返。

太吉郎有一段时日没来了,南禅寺门前临街的房子大多变成了饭店兼旅馆,这让他惊讶不已。其中还有重建成大型集体旅馆的房子,有外地学生吵吵闹闹地进出。

"房子不错,可是不能买。"太吉郎在开满胡枝子的门前嘟囔。

"再过不久,整个京都都会一下子变成饭店兼旅馆了吧?就像高台寺附近那样……大阪、京都之间已经变成了工厂区,虽然西京附近还有空地,就算不太方便,不过说不定附近还会建起稀奇古怪、当下时兴的房子……"父亲神情沮丧地说。

太吉郎还是对白花胡枝子依依不舍，走出七八步远后，又一个人回去赏花了。

阿繁和千重子在路边等他。

"开得真好，是不是有什么秘诀啊？"太吉郎回到两人身边。

"好是好，不过要是有竹子撑着就好了……要是下过雨，石板路就会被胡枝子的叶子打湿，没办法走了。"父亲说，"屋主细心打理这些胡枝子，希望今年也能开出美丽的花朵时，或许还没打算卖房子呢。到了不得不卖的时候，胡枝子会枯萎还是凋谢就变得无所谓了吧。"

两人都沉默了。

"人就是这样啊。"父亲的额头蒙上了一层淡淡的阴云。

"父亲，你这么喜欢胡枝子吗？"千重子想让父亲高兴起来，"今年已经来不及了，等到明年，请让千重子为父亲设计一件胡枝子图案的碎花和服吧。"

"胡枝子是女人穿的图案，是女式浴衣的图案呀。"

"我会做成不是女式图案，也不是浴衣图案的和服。"

"嗯，碎花图案是内衬吧？"父亲看着女儿，语气中带着笑意，"作为回礼，我给千重子画一幅樟树图案的和服或者外褂吧，画成像妖怪一样的图案……"

"……"

"男女都颠倒了。"

"没有颠倒。"

"你能穿着像妖怪一样的樟树图案走在路上吗？"

"嗯，能走，去哪里都行。"

"嗯，"父亲低头陷入沉思，"千重子，我啊，不是只喜欢白色胡枝子，不管是什么花，只要在对的时间和地点看到就都会感动。"

"是啊，"千重子回答，"父亲，既然走到这里了，龙村也不远，我想顺路去看看……"

"啊呀，那是面向外国人的店……阿繁，你觉得呢？"

"千重子想去就去吧。"阿繁满不在乎地说。

"这样啊，龙村家可没有腰带什么的。"

附近是下河原町的豪华住宅区。

千重子走进店里，用心看起了右手边一排整齐叠放好的丝绸女装布料。这些不是龙村的商品，而是钟纺的布料。

阿繁走到他身边说："你也想穿洋装吗？"

"不是的，母亲，我想看看外国人喜欢什么样的绸缎。"

母亲点了点头，站在女儿身后，不时伸出手指摸一摸绸缎。

正中间的房子和走廊上铺满了以正仓院织锦为主的古代织锦仿制品。

这些都是有龙村风格的布料。太吉郎看过好几次龙村的展览，也看过古代织锦的真品和图录，全都记在脑子里，知道所有织锦的名字，不过依然忍不住仔细观赏。

"要让洋人知道，日本也能织出这么美的布料。"一位认识的店员对太吉郎说。

之前来的时候，太吉郎也听过同样的话，不过他依然点了点头。看到中国的布料仿品时也会感叹："古人真厉害。这是一千年以前的吧……"

店里似乎不出售仿古的大块织锦。有些图案会织成女士腰带。太吉郎很喜欢，给阿繁和千重子买过好几条，不过这家店看上去是面向外国人的，没有腰带。最大的商品就是桌布了。

另外，柜台里摆放着小袋子、钱夹、烟盒、小绸巾等小物件。

太吉郎反倒买了两三条不像龙村风格的龙村领带，和"揉菊"钱包。"揉菊"是将本阿弥光悦①在鹰峰创造的纸张工艺"大揉菊"运用在布料上，这种工艺相对新颖。

"现在在东北那一带，也有人用结实的和纸做出类似的钱包。"太吉郎说。

"是，是。"店里的人回答，"不过我不太了解他们和光悦的联系……"

里面的柜台上摆着小型索尼收音机，让太吉郎等人吃了一惊。就算是为了"赚外币"的寄售产品……

三人被带到里面的接待室喝茶。店里的人说这间房子里的椅子都是国外进口的，有几名贵宾坐过。

玻璃窗外是一片杉树丛，树不大，却挺罕见。

"那是什么杉？"太吉郎问。

---

① 本阿弥光悦：1558—1637，是日本江户时代初期的书法家、艺术家。书道光悦流的始祖。

"我也不太清楚……好像叫阔叶杉什么的吧。"

"哪几个字?"

"花匠不识字,不太清楚,应该是指叶子宽阔的杉树吧?毕竟听说是本州以南的树木。"

"树干怎么是那种颜色?"

"那是青苔。"

听到小型收音机旁传来声音,众人回头一看,只见一个年轻男人正在跟三四名西方女人介绍。

"啊,那是真一的哥哥。"千重子站起身来。

真一的哥哥龙助也向千重子走来。他向千重子坐在接待室椅子上的父母点了点头。

"你在为那些女人做向导吗?"千重子问。两人靠近后,千重子觉得这位哥哥跟随和的真一不同,有一种压迫感,不好搭话。

"算不上向导,就是陪她们走走,帮她们翻译,一位朋友的妹妹去世了,我替他做三四天。"

"啊,那位妹妹……"

"嗯,比真一小两岁吧,是个可爱的姑娘……"

"……"

"真一英语不好,他有些害羞,所以就找到了我……逛这边的商店其实不需要翻译……客人在这家店里只会买些小型收音机。她们是住在都酒店里的美国人的夫人。"

"是吗?"

"都酒店就在附近,她们就顺路来看看。龙村的布料倒是值得好好看看,可是小型收音机嘛……"龙助小声笑了笑,"不过都无所谓了。"

"我也是第一次看到店里摆着收音机。"

"不管是小型收音机还是绸缎,赚的都是美元嘛。"

"嗯。"

"我们刚才在院子里,看到水池里有五颜六色的锦鲤,我本来还在想要是她们问得仔细,我该怎么解释才好,结果她们光顾着感叹真漂亮、真漂亮,倒是帮了我大忙。我不太了解锦鲤,不知道鲤鱼的各种颜色该怎么用英语说才对。还有带斑点的鲤鱼的颜色……"

"……"

"千重子,去看看鲤鱼吗?"

"那些夫人呢?"

"交给这里的店员就好,差不多要到她们回酒店喝茶的时间了。她们和丈夫碰头后就要去奈良了。"

"我去和父母打声招呼。"

"啊,我也去和客人说一声。"龙助回到女人们身边说了几句话。她们都看向千重子,千重子涨红了脸。

龙助很快回来,带着千重子走到院子里。

两人坐在池边看着漂亮的锦鲤游来游去,一时间没有人说话。

"千重子,你要对店里的掌柜——现在是公司了,应该叫专务或者常务什么的吧——厉害一点儿。你能做到的吧,我也可以去帮你撑场面……"

千重子万万没想到他会说这些,觉得心里一紧。

从龙村回来的那天晚上,千重子做了个梦——千重子蹲在池边,五颜六色的锦鲤游到她的脚旁,它们簇拥在一起,纷纷挺起身子,还有的锦鲤把头探出水面。

梦仅此而已,而且是白天发生过的事情。千重子当时把手伸进了池水中,微波荡漾,锦鲤就如梦境中那样聚集在她周围。千重子吃了一惊,对那群锦鲤产生了一股难以言喻的喜爱之情。

身边的龙助似乎比千重子还要吃惊。他说:"你的手是什么味道的——会发出什么样的灵气啊。"

千重子不好意思地起身说:"是这些锦鲤喜欢亲近人。"

可是,龙助紧紧盯着千重子的侧脸。

千重子躲开龙助的目光说:"东山很近啊。"

"嗯,你不觉得颜色有些不一样吗?很有秋天的气息……"龙助回答。

醒来后,千重子已经记不清在锦鲤的梦中,龙助是否在自己身边,她久久难以入眠。

第二天,虽然龙助劝千重子对店里的掌柜"厉害一些",可千重子却说不出口。

即将关店时,千重子坐在账房前。低矮的格子窗围住了这间古色古香的账房,掌柜植村感觉到千重子的样子不同寻常,便开口说:"小姐,你怎么了……"

"让我看看我的衣服料子。"

"小姐的？"植村似乎松了一口气，"您要穿我们家的布料吗？现在选的话，是准备在正月里穿吗？要正装还是宽袖？小姐不从冈崎的染坊或者雕万那样的店里买吗？"

"我想看看自家的友禅绸，不是正月要穿的衣服。"

"哦，那可不少，我把现在有的都给您拿来，看看有没有小姐喜欢的。"植村起身叫来两名店员，悄悄交代了几句，三个人拿来十多匹布料，熟练地在店中间展开。

"这匹挺好。"千重子也选得很快，"能在五天到一周里帮我缝好吗？内衬也拜托你们了。"

植村屏住了呼吸："这可有些赶，而且我们是批发商，衣服很少拿出去缝的，不过，好吧。"

两名店员熟练地卷起布匹。

"这是尺寸。"千重子把写着尺寸的纸放在植村的桌子上，但是并没有走。

"植村先生，我想慢慢开始学习了解家里的生意，还请您多指教。"千重子轻声细语地说，轻轻点了点头。

"哎。"植村的表情变得僵硬。

千重子静静地说："明天也可以，请让我看看账簿。"

"账簿？"植村牵出一个苦笑，"小姐要查账吗？"

"我没想做查账这么大张旗鼓的事，就是想看看账簿，要不没办法了解家里做的是什么样的买卖。"

"这样啊，可是您光说账簿，那可有不少呢，还有专门给税务局看的账。"

"我们店有两本账吗？"

"你在说什么啊，小姐。如果要糊弄人，那还得拜托小姐呢。我们可是光明正大的。"

"让我看看吧，植村先生。"千重子站在植村面前坚定地说。

"小姐。在小姐出生前，这家店就是我在打理了……"植村说，可千重子连头也没回。植村用几不可闻的声音说了句"怎么回事嘛"，然后轻轻咂了咂舌抱怨起腰痛来。

千重子来到正在准备晚饭的母亲身边，母亲看起来吓了一大跳。

"千重子，你说了不得了的话啊。"

"嗯，我好累啊，母亲。"

"年轻人平时看着老实，其实也够可怕的，我才是吓得浑身发抖呢。"

"我也是听别人出的主意。"

"嗯？谁啊？"

"真一的哥哥，在龙村……真一的父亲还在踏踏实实地做生意，家里有两个不错的掌柜。他哥哥说如果植村走了，可以分一个人给我们，他自己来也行。"

"龙助说的吗？"

"嗯，他说反正以后都要做生意，硕士随时都可以不读……"

"嗯？"阿繁看着千重子的明眸皓齿，"不过植村先生没打算走吧……"

"他还说要是那栋开着白色胡枝子的房子附近有不错的住处，要让父亲买下来呢。"

"嗯,"母亲突然说不出话来,"你父亲有些厌世情绪啊。"

"父亲那样就挺好吧……"

"这也是龙助说的吗?"

"嗯。"

"……"

"母亲,您看到了吧,我想给杉树村里的姑娘送一件我们家的和服。这是我的请求……"

"好,好,再送一件外褂怎么样?"

千重子躲开了母亲的目光,眼里盈满泪水。

高机为什么要叫高机呢?自然因为它是高度较高的手工织布机。也有人说之所以在地上挖一个浅坑安装,是因为土壤的潮气对丝线有好处。过去,有人会坐在高机上,现在也有人把沉重的石头放在篮子里,吊在织布机旁。

也有纺织厂会同时使用手工织布机和机械织布机。

秀男家只有三台手工织布机,兄弟三人使用,父亲宗助有时也会坐在机器旁,西阵有不少小作坊,他们家的生意还算过得去。

随着千重子委托的腰带即将完工,秀男的心情越来越好。既是因为全力以赴的工作即将完成,也是因为机杼的穿梭和织布声中有千重子的身影。

不,不是千重子,是苗子。这不是千重子的腰带,是苗子的腰带。但是秀男织着织着,千重子和苗子就融为了一体。

父亲宗助站在秀男身边看了一会,歪着头问:"这条腰带不错啊,图案很少见啊,是给哪一家做的?"

"佐田家的千重子小姐。"

"图案呢?"

"是千重子小姐设计的。"

"嗯?千重子小姐啊……真的吗?嗯。"父亲屏住呼吸看了许久,又指着织布机上的腰带说,"秀男,织得很结实嘛,这样就不错。"

"……"

"秀男,我之前也跟你说过,佐田先生对我们有恩。"

"我听说过,父亲。"

"嗯,我是说过。"宗助说完,还是重复了一遍,"我从一名织工白手起家,总算买回了一台高机,而且一半钱都是借来的。我每次织好腰带都会送一条给佐田先生。一条腰带太寒碜,所以我总是夜里悄悄送去……"

"……"

"佐田先生从来都不会瞧不起我。现在,家里的织布机增加到三台,日子算是好过了些……"

"……"

"可是秀男,人家的身份还是不一样……"

"我很清楚,可您为什么要说这些啊。"

"秀男,你好像很喜欢佐田先生家的千重子小姐……"

"是因为这件事啊。"秀男又开始动手织布。

织好后,他立刻出门去苗子所在的杉树村送腰带了。

那天下午,北山方向出现好几次彩虹。

秀男带着苗子的腰带上路时看到了彩虹。彩虹虽然很宽,但颜色很淡,就连上半部分的弓形都不完整。秀男停住脚步,看着彩虹的颜色逐渐变淡、消失。

不过在乘坐公交车进山的路上,秀男又看到了两次相似的彩虹。三道彩虹都不是完整的弓形,有些地方颜色很淡。尽管彩虹挺常见,不过那天的秀男却有些在意地想:"嗯,不知道这彩虹是吉兆还是凶兆。"

天气依然晴朗,进入山谷后,由于清泷川河岸边的山峰遮挡,他看不到是否又出现了相似的淡淡的彩虹。

秀男刚在北山杉村下车,穿着工作服的苗子,在围裙上擦了擦手,马上走到他身边。

苗子刚才正在用菩提砂(该说是接近红褐色的黏土)仔细擦洗杉树原木。

另外,尽管还是十月,但是山里的水依然是冰凉的。杉树原木漂浮在人工凿出的水沟中,一头的简易炉灶里似乎有热水在流淌,周围升腾起蒸汽。

"呀,麻烦你到深山里来一趟。"苗子鞠了一躬。

"苗子小姐,约好的腰带总算织好了,我给你送来了。"

"是给千重子替身的腰带吧?我已经不想再做替身了,只是见见你就好。"苗子说。

"这条腰带是我们说好的,而且是千重子小姐设计的图案。"

苗子低下了头:"其实啊,秀男先生,前天从千重子小姐的店里送来了一套和服,连草履都有。那种衣服我哪里有时间穿呢?"

"十月二十二日的时代祭上穿怎么样?你去不了吗?"

"不,我能去。"苗子毫不犹豫地说,"至于现在,咱们在这里会被别人看到的。"

她想了想说:"去那条河边的小石滩好吗?"

他们可不能像上次和千重子那样躲进杉山深处。

"我会把秀男先生织的腰带当成一辈子的宝物。"

"不必,我还会织给你的。"

苗子一声不吭。

千重子送来和服的事,苗子寄住的人家自然也知道,所以她其实可以把秀男带到家里去。不过苗子已经大致了解了千重子如今的身份和店里的情况,只是如此就已经满足了她从小的心愿,她不想继续麻烦千重子。

养育苗子的村濑家原本就在这里有一片不错的杉山,因为苗子不辞辛劳地工作,所以就算千重子家里人知道自己的存在,苗子也不至于给他们添麻烦。说不定拥有杉山的人会比中等规模和服批发商更有家底。

可苗子依然希望谨慎地避免与千重子频繁交往、加深联系。只要她深深感受到千重子的爱就够了……

于是她将秀男带到了河边的小石滩上。就连清泷川的小石滩上都种满了北山杉。

"实在是失礼了,请你原谅。"苗子说。她是个姑娘,自然希望尽快看到腰带。

"杉山真美。"秀男抬头看着山,解开棉布包袱,松开了纸捻。

"这是太鼓结,这一面是前……"

"啊呀。"苗子盯着腰带,眼睛闪闪发光,"送给我,真是可惜了。"

"不过是我这个手艺不精的年轻人织的腰带,怎么会可惜?赤松和杉树也适合马上要到的正月,松树一般都会用在太鼓结附近,不过千重子小姐说那里要用杉树。我到了这里之后总算明白了。人们听到杉树,总会觉得是高大苍老的树,而我把它画得更柔和,也算是一个优点了吧?赤松的树干也用了比较柔和的颜色作为搭配……"

当然,杉树树干也没有用本身的颜色描绘,形状和颜色上都下了功夫。

"真是漂亮的腰带,太感谢了……我这种人怎么能系这么华丽的腰带啊。"

"可以配千重子小姐送来的和服吧?"

"我觉得很合适。"

"千重子小姐从小就很熟悉京都风格的和服,这条腰带还没有给她看过,不知道为什么,我总觉得有些不好意思。"

"这不是千重子小姐设计的嘛……我也想让千重子小姐看看。"

"你在时代祭的时候穿上吧。"秀男说完,叠起腰带放进包装纸中。

秀男系好包装纸的绳子后对苗子说:"请你安心收下。虽然是我答应你的事,不过这是千重子小姐委托我织的腰带。你就当我只是个织工就好。不过我织的时候很用心。"

苗子接过秀男递给她的包袱,放在膝盖上没有说话。

"千重子小姐从小就看惯了和服,她送给你的和服肯定适合搭配这条腰带。这话我刚才好像已经说过了……"

"……"

清泷川清脆的水流声在两人面前响起,听不真切。秀男环顾着两岸的杉山说:"虽然杉树树干和我想的一样,像工艺品一样整齐而挺拔,不过我不知道上方的枝叶也会像朴素的花朵一样。"

苗子的脸上浮现出一片阴云。父亲在树梢间悠荡的时候摔了下来,一定是因为想到丢弃的婴儿,为千重子而感到心痛吧。当时,苗子和千重子一样只是个小婴儿,什么都不知道,她是在长大后才从村里人口中听说了此事。

而且苗子当时还不知道千重子——其实她连千重子这个名字都不知道——是生是死,因为两人是双胞胎,她也不知道谁是姐姐。她只希望能看看千重子,哪怕只看一眼也好,哪怕只是远远地看看也好。

苗子家简陋的小木屋如今也在杉树村里荒废着,因为她一个女孩子没办法独自生活。在很长一段时间里,她都和一对在杉山里工作的中年夫妻,还有他们上小学的女儿住在一起。当然,她没有交房租,那房子也没有好到需要收取房租。

只是家里上小学的女孩特别喜欢花,家里有一棵美丽的金桂,她偶尔会来请教这位苗子姐姐怎么打理金桂。

"不管它就好了。"苗子回答。不过每次从小屋门前走过时,苗子都觉得自己能从比别人更远的地方就闻到桂花香。对苗子来说,这反而是一件悲伤的事情。

苗子膝头放着秀男送来的腰带,因为种种原因而有些沉重。

"秀男先生,既然我已经知道千重子小姐人在哪里,以后就不会再和她来往了。和服和腰带我都只会穿一次……你能明白我的想法吗?"苗子认真地说。

"嗯。"秀男说,"要来时代祭啊。我想看到你系上这条腰带的样子,不过我不会邀请千重子小姐。节日游行队伍会从御所出发,我在西蛤御门附近等你,说好了。"

苗子脸上泛起红晕,过了一会儿,才重重点了点头。

河对岸,一棵小树的叶子已经染上一抹红色,水中的倒影随波荡漾。秀男抬起头说:"那棵长着鲜艳红叶的是什么树?"

"漆树。"苗子回答,顺便抬起颤抖的手理了理头发,可是一头黑发不知怎的,散落在了后背上。

"啊呀。"苗子红着脸拢起头发,盘好后想用嘴里衔着的发卡固定,可是发卡散落在地上,好像不够用了。

秀男觉得她这副姿态和动作很美,他说:"你留长发吗?"

"是。千重子小姐也没剪。男人可能看不出来,她很会盘头的……"苗子慌慌张张地把手帕盖在头上,"对不住啊。"

"……"

"我们这里只会给杉树打扮,我自己完全不化妆。"

尽管如此,苗子还是涂了薄薄一层口红。秀男想让苗子取下手帕,再让他看看长长的黑发在背后散开的样子,可他说不出口。从苗子慌慌张张地盖上手帕时,他就在想这件事。

在狭窄山谷的西面山顶,天色已经开始变暗。

"苗子小姐,我该回去了。"秀男起身说。

"我今天的工作也快结束了……白天变短了啊。"

从峡谷东边的山顶一排排笔直的杉树树干之间,秀男看到了金色的晚霞。

"秀男先生,谢谢你,真的很感谢。"苗子轻轻拍了拍腰带,也站起身来。

"要道谢的话,还是去谢谢千重子小姐吧。"秀男说,为这个杉山里的姑娘织腰带的喜悦在他心里暖融融地膨胀起来。

"你可能会觉得我烦,不过时代祭一定要来啊。我在御所西蛤御门附近等你。"

"好。"苗子深深点了点头,"虽然不好意思,不过我会穿上从没穿过的和服和腰带……"

十月二十二日的时代祭即使在节日众多的京都,也被誉为三大祭之一,和上贺茂神社、下贺茂神社的葵祭以及祇园祭齐名。这是平安神宫举办的节日,不过游行队伍会从京都御所出发。

从一大清早开始,苗子就静不下心来,比约好的时间提前半个小时就到了御所西蛤御门的阴凉处等待秀男。这是她第一次等一个男人。

幸好那天晴空万里。

平安神宫建于明治二十八年（1895年），是为了纪念迁都一千一百年，自然是京都三大祭中最新的一个。不过时代祭是为了庆祝建都，所以会在游行队伍中展现京都千百年来的丰富变化。为了表现各个时代的装扮，会有人们熟悉的历史人物出场。

比如和宫、莲月尼、吉野太夫、出云阿国、淀君、常盘御前、横笛、巴御前、静御前、小野小町、紫式部、清少纳言。

还有大原女和桂女①。

妓女、女演员、女小贩也混杂在其中，刚才提到的都是女性，当然还有楠正成、织田信长、丰臣秀吉和众多王朝时代的公卿武将。

这支如同京都风俗画一般的游行队伍很长。

据说在昭和二十五年（1950年）之后，游行队伍中才加入了女性，让祭典更加艳丽豪华。

队伍最前方是明治维新时期的勒干队，丹波北桑田的山国队，队尾是延历时代的文官们上朝的队伍。回到平安神宫后，众人在凤辇前献上祝词。

游行队伍从御所出发，御所前的广场是最好的观看地，所以秀男约苗子在那里见面。

苗子在御所门边的阴凉处等待秀男，但来往的人很多，却没有人看她一眼。一个老板娘打扮的中年女人不客气地走过来说："小姐，

---

① 桂女：巫女，因为住在京都的桂地区而得名。

腰带不错啊，在哪里买的？跟这身和服也很搭……我看看。"说着还想要用手来摸，"能让我看看背后的太鼓结吗？"

苗子转过身答应了，被别人看着，她反而冷静了一些。苗子此前从来没有穿过这么华丽的和服和腰带。

"等很久了吗？"秀男来了。

能看到游行队伍出发，离御所最近的位置都被宗教团体和旅游协会占了，不过秀男和苗子站在了仅次于最佳位置的观众席后方。

苗子第一次占据这么好的位置，她激动地看着游行队伍，甚至忘记了秀男和新衣裳。

不过她突然回过神来问："秀男先生，你在看什么？"

"看松林的绿意，也在看游行队伍。不过在松林绿色的背景下，游行队伍也更加醒目了嘛。御所广阔的庭院中种的是黑松吧，我最喜欢黑松了。"

"……"

"我还用余光看着苗子小姐，你没注意到吧？"

"真讨厌。"苗子低下了头。

深秋姐妹 I

在节日众多的京都，比起大文字，千重子更喜欢鞍马寺的火祭。因为距离不远，苗子也去看过火祭。

从鞍马道到鞍马寺，一路上各家各户都插好了树枝，在屋顶洒水。人们从半夜就开始点起大大小小的火把，喊着口号爬上寺庙。火焰腾起，两台神轿出发后，村（现在是镇）里的女人全部上前拉神轿的绳子。最后献上大火把，祭奠一直持续到黎明。

不过，今年不会举办著名的火祭，据说是为了节约经费。虽然伐竹祭照常进行，却不举行"火祭"。

北野天神的"芋茎祭"今年也不会举办。据说是因为芋头收成不好，没办法做出芋茎神轿。

在京都，还有不少类似鹿谷安乐寺的"南瓜供养"和莲花寺的"黄瓜封印"之类的仪式，或许能够体现出古都的特点及京都人的另一面。

近年来，岚山河上重新开始举办迦陵频伽①，会在河上开龙舟，上贺茂神社也重新开始在庭院的小河上举行曲水宴。这些都是王朝贵族的风流游戏。

曲水宴上，身着古装的人坐在岸边写诗、绘画，在酒杯漂到自己面前的时候举杯一饮而尽，然后放在水中，让杯子漂到下一个人面

---

① 迦陵频伽：佛国世界里的一种神鸟。这里指的是京都岚山有泛龙舟的活动。

前。会有童子在旁侍奉。

千重子参观过这项从去年开始举办的活动,当时站在王朝公卿最前面的是歌人吉井勇(这位吉井勇已经去世)。

或许是因为重新开始举办的活动太新,千重子并不适应。

千重子也没有去看今年的岚山迦陵频伽,总觉得少了一份清雅的意趣。反正京都有太多古色古香的活动,看都看不过来。

或许是因为抚养千重子长大的母亲阿繁手脚麻利,千重子随了母亲的性格,每天早上都会早起擦格子窗。

"千重子,你们两个在时代祭上玩儿得很开心嘛。"

吃过早饭收拾好,真一打来了电话。他似乎又把苗子当成了千重子。

"你去了吗?跟我打声招呼多好啊。"千重子耸了耸肩。

"我是想打招呼的,被我哥拦住了。"真一坦率地说。

千重子没有告诉他,他认错人了。不过接到真一的电话,千重子知道了苗子在时代祭上穿着自己送给她的和服,还系着秀男织的腰带。

和苗子在一起的一定是秀男。千重子虽然冷不丁地有些意外,不过心中很快升起一股暖意,脸上浮现出微笑。

"千重子,千重子。"真一在电话里叫她,"你怎么不说话?"

"是你给我打的电话吧。"

"对,对。"真一笑出了声,"现在掌柜在吗?"

"不在,他还没来……"

"千重子,你是不是感冒了?"

"我的声音听起来像感冒了吗?我正在门口擦格子窗呢。"

"这样啊。"真一似乎晃了晃听筒。

这回轮到千重子开朗地笑了。

真一压低声音说:"这个电话是我哥要打的,我现在让他来说……"

千重子和哥哥龙助说话时,没办法像面对真一那样轻松。

"千重子小姐,你有没有对掌柜厉害一些?"龙助开门见山地说。

"有。"

"那真是不错,"龙助提高了声音,"真是不错。"

"母亲也偷偷听到了,她好像为我捏了一把汗呢。"

"是吗?"

"我跟掌柜说想学学家里的生意,让他把所有的账簿都给我看看。"

"嗯,挺好。只要说出来,就会不一样了。"

"而且我还让他把保险箱里的存折、股票、债券之类的东西都拿出来。"

"你真厉害,千重子小姐,真的很厉害。"龙助感慨,"你明明是个温柔的大小姐……"

"是龙助先生给我出的主意……"

"我之所以出这个主意,是因为附近的批发商里出现了奇怪的传言。所以我下定决心,要是你没办法开口,就由父亲或者我去。不过还是小姐说最好。掌柜的态度也不一样了吧。"

"嗯,是有一些。"

"就是啊。"龙助在电话里沉默了很久才说,"真好。"

千重子感到龙助在电话的另一头还有些犹豫。他说:"千重子小姐,今天下午我想去店里拜访,会不会给你添麻烦?真一也会一起去……"

"添什么麻烦,我哪里会有什么重要的事。"千重子回答。

"毕竟是年轻小姐嘛。"

"你真讨厌。"

"怎么样?"龙助笑着说,"我想在掌柜还在店里的时候过去。我也要去敲打敲打他,千重子小姐什么都不用担心,我要去看看掌柜的脸色。"

"嗯?"千重子哑口无言。

龙助家的店是室町附近的大批发商,有不少有势力的伙伴。虽然他在上研究生,不过已经主动承担起店里的重担。

"差不多到了吃甲鱼的时候了。我会去北野的大市上订座,还请你赏光。由我去请你父母未免太狂妄,所以就只请了你……我会带上稚儿。"

千重子屏住了呼吸,只能答应。

真一扮成稚儿坐在祇园祭的长刀鉾上已经是十多年前的事情了,可是哥哥龙助现在依然会偶尔半开玩笑地叫他"稚儿"。虽说真一身上还留着一些"稚儿"的可爱和温柔……

千重子对母亲说："刚才接到电话，龙助先生和真一下午要来我们家。"

"嗯？"母亲阿繁也有些意外。

下午，千重子走上里屋二楼，画了一个不张扬却精致的妆容。她仔细盘起长发，却总是盘不出满意的形状。而且衣服换了一件又一件，不知道该穿哪一件才好。

她终于下楼时，父亲已经出门，不知去了哪里。

千重子在深处的客厅点起炭火，环顾四周狭窄的庭院。大枫树上的苔藓依然青翠，不过树干上的两株紫花地丁的叶子已经隐隐发黄。

基督灯笼旁的小山茶树开着红色的花朵，看起来着实鲜艳，比红玫瑰更能打动千重子。

龙助和真一到了，两人礼貌地向千重子的母亲打过招呼后，龙助独自一人来到账房里的掌柜面前，正襟危坐。

掌柜植村慌慌张张地从账房的格子门里出来，再次和龙助寒暄。他说了很长一段话，龙助虽然也会附和，但始终板着脸。植村自然感受到了这份冷淡。

植村虽然对这个年轻的学生哥感到不满，却被龙助的气势镇住，不知该如何是好。

龙助等植村说完后，冷静地开口："贵店生意兴隆，真不错。"

"唉，多谢，托您的福。"

"家父常说，幸好佐田先生有植村先生在，您有这么多年的经验，很了不起……"

"您说的哪里话。水木先生的店那么大,我们店哪里能比。"

"不不不。我们家只是铺的摊子大了些,又是京都和服批发店,又卖些乱七八糟的东西,就是个杂货店,我可不太喜欢。像植村先生这样踏踏实实做事的店铺越来越少了啊……"

植村正打算回答,龙助站了起来,走向千重子和真一所在的里屋客厅。植村愁眉苦脸地看着龙助的背影。掌柜很清楚,千重子之前说想看账簿和刚才龙助的态度有关系。

千重子抬起头看着走进里屋客厅的龙助,脸上带着疑问。

"千重子小姐,我稍微给掌柜提了个醒。是我给你出的主意,就要负起责任嘛。"

"……"

千重子低下头,为龙助端上一杯淡茶。

"哥,你看看枫树树干上的紫花地丁。"真一指向窗外,"有两株吧。从好多年前开始,千重子就把那两株紫花地丁看成一对可爱的恋人了……虽然近在咫尺,却绝对无法在一起……"

"嗯。"

"女孩子就喜欢想些天真的事情。"

"讨厌,我会不好意思的,真一。"千重子把泡好的茶杯端到龙助面前,手有些颤抖。

三个人坐龙助店里的车来到北野六番町的甲鱼店。大市是一家古色古香的老字号,在游客中也很有名,房间陈旧,天花板比较低。

三人点了甲鱼锅和杂烩粥。

千重子的身子从内而外感到温暖,仿佛有了几分醉意。

就连她的脖子上都染上了一层浅浅的红色。白皙嫩滑、光洁年轻的脖子染上红色后，显得分外美丽。千重子眼中带上了几分娇艳之色，偶尔伸手抚摸脸颊。

千重子滴酒未沾。不过甲鱼汤里大概有一半都是酒。

虽然车就在门口等着，但千重子还是觉得自己脚下不稳，可是她心里有些飘飘然，变得口无遮拦。

"真一，"千重子冲着好说话的弟弟说，"时代祭的时候，你在御所庭院看到的那两个人不是我，你认错人了，大概是因为离得太远吧？"

"没什么好隐瞒的吧。"真一笑了。

"我什么都没瞒你。"

千重子犹豫了一会儿才说："其实，那姑娘是我的姐妹。"

"嗯？"真一吃了一惊。

樱花盛开时，千重子在清水寺对真一说过自己是弃儿。真一自然也告诉了哥哥龙助。或许真一觉得就算自己不说，因为两家店铺离得很近，哥哥总会听到传言的。

"真一，你在御所庭院里见到的……"千重子迟疑片刻，还是开了口，"是我的双胞胎姐妹，是另一个姑娘。"

这件事真一也是第一次听说。

"……"

一时间，三人都没有说话。

"我是被扔掉的那个。"

"……"

"如果是真的,你要是被扔在我们家店门前就好了……我说真的,扔在我家门前就好了。"龙助重复了两遍,语气真诚。

"哥,"真一笑着说,"那可不是现在的千重子,是刚出生的婴儿。"

"就算是婴儿也可以啊。"龙助说。

"你是看到现在的千重子,才说出这种话的吧。"

"不是。"

"因为有佐田先生的精心培养,当成掌上明珠宠爱,才有了现在的千重子。"真一说,"当时就连哥哥都还是个小孩子呢。小孩子怎么能养婴儿呢?"

"能养。"龙助坚决地回答。

"哼。哥你还是那么自信,不服输。"

"或许是的,不过我想养育还是婴儿的千重子小姐,我母亲一定会帮我的。"

千重子的酒渐渐醒了,额头变得白皙。

秋天的北野舞蹈节会持续半个月。在节日结束的前一天,佐田太吉郎独自一人前往参加。茶室送来的门票自然不止一张,可是太吉郎不想邀请任何人。回程路上要和几个人一起去茶室玩,反而是件麻烦事。

跳舞之前,太吉郎表情不悦地走向茶席。今天坐在席边点茶的艺伎也不是他熟悉的人。

他身边站着一排少女,有七八个,负责帮忙上茶,都穿着一身浅粉色宽袖和服。

其中,只有一名少女身穿绿色宽袖和服。

"啊呀!"太吉郎险些叫出声。那名少女妆容精致,不正是在"叮当电车"上,花街柳巷的老板娘和太吉郎同乘时带在身边的那名少女吗?只有她一个人穿着绿色和服,或许有某项工作要做吧。

不过,太吉郎仿佛轻松了一些。

台上表演的是"虞美人草图",是一出八景舞剧。故事广为人知,主人公是中国的项羽和虞姬,是一出悲剧。当虞姬用剑刺穿胸口,倒在项羽怀中听着思乡的楚歌死去,项羽也战死沙场后,下一个场景却转到了日本,变成了熊谷直实、平敦盛和玉织姬的故事。熊谷打败敦盛后感慨人生无常,遁入空门后曾前往古战场吊唁古人,见敦盛坟的周围开满了虞美人草。笛声传来,随后敦盛的魂魄现身,请求熊谷将青叶笛收入黑谷寺中,玉织姬的魂魄则希望他将坟边鲜红的虞美人草供奉在佛前。

这场舞剧结束后,又上演了一场热闹的新式舞蹈"北野风流"。

上七轩的舞剧不同于祇园的井上流舞蹈,属于花柳流。

太吉郎离开北野会馆后,顺路走进古色古香的茶室。茶室老板娘见他呆坐在那里,便开口说:"找个人来陪你吧。"

"嗯。就要那个咬了别人舌头的姑娘吧。还有那个穿绿色和服,端茶的姑娘可以吗?"

"叮当电车上的吧……只是让她来打个招呼的话就行。"

在艺伎到来之前,太吉郎已经喝了不少酒,于是特意起身走了出去。他对跟在他身后的艺伎说:"你现在还咬人吗?"

"您还记得啊。不咬了,您伸出舌头来试试呀。"

"真吓人。"

"真的不咬啦。"

太吉郎伸出舌头,被吸入了一片温暖柔软中。

太吉郎轻轻拍了拍女人的背说:"你堕落了啊。"

"这是堕落吗?"

太吉郎想要漱口。可是艺伎就站在他身边,他不能漱。

这是艺伎彻底想开了之后的恶作剧。就算是艺伎,这种突如其来的事情也没有意义吧。太吉郎不讨厌这个年轻艺伎,不觉得她脏。

艺伎抓住想要回到房间里的太吉郎说:"等一下。"

然后取出手帕给太吉郎擦了擦嘴,手帕上沾到了口红。艺伎把脸凑到太吉郎面前看了看说:"好,这样就可以了。"

"多谢……"太吉郎将手轻轻放在了艺伎的双肩上。

艺伎留在洗手间的镜子前重新涂口红。

太吉郎回到房间,里面空无一人。酒有些凉了,他小口喝了两三杯。

不过,艺伎身上的香水味好像还是沾到了他身上。太吉郎觉得自己变年轻了些。

就算那是艺伎不经意间的恶作剧,他依然觉得自己的反应冷淡了些。大概是因为太久没有和年轻女人玩乐了吧。

也许那个刚满二十岁的艺伎是个非常有趣的女人。

老板娘带着少女走进房间,她还穿着那身绿色宽袖和服。

"如您所愿,我带她来了。她说只是来打个招呼。您看,她还年轻嘛。"老板娘说。

太吉郎看着少女说:"刚才给我上茶的……"

"是我。"茶室的孩子自然不会害羞,"我看到是之前那位大叔,就给您上茶了。"

"那真是多谢了。你还记得我啊?"

"记得。"

艺伎也回来了。老板娘对艺伎说:"佐田先生很喜欢小千。"

"嗯?"艺伎看着太吉郎说,"您眼光真好,不过还要等三年哪。而且小千明年春天就要去先斗町了。"

"先斗町?为什么?"

"她想当舞伎。大概是憧憬舞伎的身段吧。"

"嗯?要当舞伎的话,去祇园不是挺好吗?"

"小千有个伯母在先斗町,是吧?"

太吉郎看着小千心想:"这姑娘无论去了哪里,都会成为一流的舞伎吧。"

西阵布料纺织工业组合①下定决心采取了一项前所未有的措施,所有机器从十一月十二日到十九日停工。因为十二日和十九日是周日,因此相当于停工六天。

原因很多,简单来说自然是经济上的问题。即由于生产过剩,积

---

① 工业组合:工厂经营者建立的组织。

攒了三十万匹库存。停工是为了处理库存，还要试图改善贸易，近来还出现了资金周转上的困难。

从去年秋天到今年春天，长期购买西阵织的商家一个接一个倒闭了。

据说停工八天大概能减产八九万匹布料。不过结果不错，看起来算是成功的。

尽管如此，在西阵纺织城，特别是小巷子里扫一眼就能看出，里面大多数是零散的家庭作坊，竟然能听从统一管理。

瓦片葺的旧屋顶屋檐很深，一户户狭小的人家躲在其中。就算是二层小楼也依然很矮。露天小巷更是杂乱无章，甚至能隐约听到织布声。恐怕有些人家没有自己的织布机，用的还是租来的机器。

不过据说只有三十来家提交了"免除停工"的申请。

秀男家织的不是布料，而是腰带。三台高机就连白天也会点起灯，织布机旁灯火通明，屋后还有空地，可是厨具简陋稀少，甚至看不出家里人要在什么地方休息睡觉。

秀男性格坚忍，织布的才能出众，又有热情。可是由于长期坐在高机的细木板上织布，恐怕屁股上都硌出印子了。

他邀请苗子去参观时代祭时，之所以比起穿着各个时代服装的游行队伍，更倾心于背景中广阔苍翠的御所松林，或许也是因为从日常生活中解放出来了吧。虽然是峡谷，不过苗子毕竟在山里干活，她就没有注意到那片松林……

苗子系着自己织的腰带来参加时代祭，这是对秀男最好的鼓励，让他对织布燃起了更高的热情。

千重子和龙助、真一兄弟俩去过大市后，经常会心不在焉，虽然称不上强烈的痛苦，但等她注意到的时候，觉得果然还是因为苦恼。

在京都，十二月十三日的"正月准备"开始后，就进入了和往常的冬季一样，天气变幻莫测的时节。晴朗的日子里会突然下起阵雨，有时还夹杂着冰雹。天气会突然放晴，也会突然阴沉下去。

十二月十三日，"正月准备"开始，按照京都的习惯，"正月准备"暂且不提，年末赠答也要开始了。

严格遵守传统的，果然还是祇园等花街柳巷。

艺伎、舞伎要给平时照顾自己的茶室、编曲师、编舞师和前辈艺伎送去镜饼[①]。

之后，舞伎还要四处拜访，恭贺新年，带着承蒙照顾，平安度过一年，来年还请多加关照的意思。

这天，艺伎和舞伎穿着比平时更鲜艳的盛装来来往往，把稍早进入年末的祇园附近点缀得五彩缤纷。

千重子的店里没有那般鲜艳。

她吃过早饭后独自走上了里屋二楼，想化个简单的妆，可是手上却漫不经心。

千重子心中反复回响着龙助在北野甲鱼店里说的那番激动的话语。他说如果还是婴儿的千重子在自己家门前被捡到就好了，这说法不是相当强硬吗？

---

① 镜饼：正月供神用的圆形年糕。

龙助的弟弟真一和千重子是青梅竹马，两人直到高中都在一起。他脾气温和，就算知道千重子喜欢自己，也不会像龙助那样说出让千重子无法呼吸的话。千重子和他相处，感觉很轻松。

千重子仔细梳理好一头长发，披散着头发下了楼。

早饭时间即将结束时，北山杉村的苗子给千重子打来了电话。

"是小姐吧。"苗子谨慎地问，"其实，我有一件事想见到小姐当面说。"

"苗子，我好想你……明天怎么样？"千重子回答。

"我什么时候都可以……"

"你来店里吧。"

"去店里还是算了吧。"

"我已经把苗子的事情告诉母亲了，父亲也知道了。"

"还有店员在吧。"

"……"千重子思考片刻后说，"既然如此，我去苗子家的村里吧。"

"天气太冷了，虽然我很高兴……"

"我也想看看杉树……"

"这样啊。山里不仅天冷，可能还会下阵雨，你要做好准备啊。篝火倒是要多少有多少，我就在路边干活，你一来就能看到。"苗子开朗地回答。

冬花

千重子套上了从没穿过的西装裤和厚毛衣,脚上厚实的袜子颜色很鲜艳。

因为父亲太吉郎在家,所以千重子在他面前坐下打了声招呼。太吉郎睁大眼睛看着千重子难得一见的打扮说:"你要去山里吗?"

"是的。北山杉村子里的姑娘说想见见我,有话要说……"

"这样啊。"太吉郎的语气中没有犹豫,"千重子。"

"是。"

"如果那姑娘遇到了什么困难和苦恼,就把她带到咱们家来……我们会收留她。"

千重子低下了头。

"你明白的吧。有了两个女儿,我和你母亲都会觉得热闹嘛。"

"父亲,谢谢你。"千重子俯下身子道谢,滚烫的泪水浸湿了大腿。

"千重子,我把你从婴儿养到现在,含在嘴里都怕化了,对那姑娘我也会尽量一视同仁。她长得像你,一定是个好姑娘。带她回来吧。二十年前人们忌讳双胞胎,现在可没这回事了。"父亲说完,叫了妻子几声,"阿繁,阿繁。"

"父亲,我打从心底感谢你,可是那姑娘,苗子是绝对不会来我们家的。"千重子说。

"这又是为什么?"

"她一定不想成为我幸福的阻碍,哪怕有一点儿影响都不行。"

"她为什么会阻碍你的幸福?"

"……"

"她为什么会阻碍你的幸福啊。"父亲又说了一遍,有些纳闷。

"今天,我跟她说父亲母亲都知道了,让她到店里来。"千重子的声音里带着哭腔,"结果她说有店员,还有邻居在……"

"店员怎么了?"太吉郎忍不住喊了出来。

"父亲的话我都明白,今天还是先让我去见见她吧。"

"好吧。"父亲点了点头,"你要小心。而且,你还可以把我这番话转告给那个叫苗子的姑娘。"

"好。"

千重子穿好雨衣,戴上兜帽,脚上还穿了橡胶雨鞋。

清晨的京都晴空万里,可是北山不知道什么时候会阴天,说不定还会下起阵雨,城里也能看出几分迹象。如果没有京都平缓的小山峦遮挡,说不定还能看到雪呢。

千重子坐上了国营铁路公交。

通往北山杉所在的中川北杉町有两条公交路线,分别是国营铁路公交和市营公交。市营公交的终点站在京都市(扩建后)北边尽头的山麓,而国营铁路公交则一直延长到遥远的福井县小滨。

小滨从小滨湾沿岸继续延伸到若狭湾,一直通向日本海。

或许是冬天的缘故,公交车上乘客不多。

两个年轻男人盯着千重子,目光锐利。千重子有些不舒服,于是戴上了兜帽。

"小姐,拜托了。别用那种东西把自己藏起来啊。"一名年轻人用不符合年轻外表的嘶哑声音说。

"喂,你闭嘴。"他身边的男人说。

刚才跟千重子说话的男人手上戴着手铐,不知是犯了什么罪的人。旁边的男人是警察吗?要越过深山,护送犯人吗?

千重子不可能摘下兜帽让他们看见自己的脸。

车开到了高雄。

"都看不出来到高雄了啊。"有客人说。

其实并不会看不出来。枫叶全部掉光,就连树梢纤细的枝条都弥漫着冬日的气息。栂尾①下游的停车场上也几乎没有车。

苗子穿着工作服,来到菩提瀑布的车站迎接千重子。

千重子的打扮和平时不同,她一时没有认出来,不过很快就迎上去说:"小姐,你来了啊。真是的,还麻烦你到深山里跑一趟。"

"这山也不算太深嘛。"千重子戴着手套握住苗子的双手,"我好开心,上次见面还是夏天呢。夏天在杉山里那次,谢谢你。"

"那算不了什么,"苗子说,"不过万一当时雷真的落在我们头上,不知道会怎么样呢。可我还是很开心……"

"苗子,"千重子边走边说,"你能给我打电话,一定是出了不

---

① 栂尾:京都市右京区清泷川上游著名的红叶景点。

得了的大事吧。你先告诉我,不然我也没办法静下心来说话吧。"

"……"苗子穿着工作服,头上盖着手帕。

"出什么事了?"千重子又问。

"其实,秀男说要和我结婚,所以……"苗子踉跄了一下,千重子扶住了她。

千重子抱住摇摇晃晃的苗子。

苗子平日里经常干活,身体很结实。夏天打雷的时候,千重子因为太害怕,并没有注意到。

苗子很快就站稳了,不过被千重子抱着让她很开心,所以并没有让千重子松手,反而靠在她身上向前走去。

渐渐地,抱着苗子的千重子更多地靠在了苗子身上。不过两个姑娘都没有注意到。

千重子戴着兜帽说:"苗子,你是怎么回答秀男的?"

"答复吗?我总不能直接当场回答吧。"

"……"

"他是把我当成千重子看的——虽然这次没有认错人,可是在秀男的内心深处,还是装着千重子的。"

"没这回事。"

"不,我很清楚,就算他没有认错人,我也只是作为千重子的替身与他结婚。秀男在我身上看到了你的幻影。这是第一点……"苗子说。

千重子想起了春天从郁金香盛开的植物园回家的路上,在加茂川的堤坝上,父亲曾经问过母亲要不要让秀男当千重子的入赘女婿。

"第二，秀男家里是织腰带的吧。"苗子坚定地说，"如果我因为和他结婚，与千重子小姐的店里有了交集，会给你添麻烦的。要是别人用奇怪的眼光看你，那我就是死也没办法赎罪了。我还想藏进更深更深的山里呢……"

"你在想这些事情吗？"千重子晃着苗子的肩膀说，"我今天来看你，已经和父亲说清楚了，母亲也已经知道了。"

"……"

"你猜我父亲说了些什么？"千重子更加用力地晃了晃苗子的肩膀。

"他说，如果苗子那姑娘遇到了什么困难和苦恼，就把她带到咱们家来。虽然我在户籍上是父亲的亲生女儿，不过父亲说会尽量对你一视同仁，说我一个人会寂寞。"

"……"苗子摘下了头上的手帕，捂住脸说，"谢谢你，我打从心底觉得感激。"

然后，她一时没有说出话来。

"我这个人啊，没有亲人，也没有可以依靠的人，虽然寂寞，可我能忘记这些，专心干活。"

千重子为了宽慰她，转移话题说："关键是，秀男的求婚？"

"我没办法马上给出答复。"苗子带着哭腔看向千重子。

"这个借我。"千重子拿过苗子的手帕，帮她擦了擦眼眶和脸颊，"怎么能哭着回村子里呢……"

"没事。我很坚强的，又比别人能干，不过是个爱哭鬼。"

千重子给苗子擦完脸后,苗子伏在千重子胸口,反而抽泣得更厉害了。

"你这样不是让我为难嘛,苗子,我好难过,你不要哭了。"千重子轻轻拍着苗子的背说,"你再这样哭下去,我就要回去了。"

"不要,不要啊。"苗子打了个哆嗦。然后从千重子手里取回自己的日式手帕,使劲擦了擦脸。

因为是冬天,所以看不出来她哭过,只是眼睛有些红。苗子把手帕压得很低。

两人沉默着走了一段。

北山杉就连树梢都修剪过了,千重子看到树梢上留下的圆形叶子,觉得像绿色的朴素冬花。

千重子不愿意继续沉默,开口对苗子说:"秀男自己画的腰带图案很好看,织出来的成品也很结实,是个认真的人。"

"嗯,我都明白。"苗子回答,"秀男请我参观时代祭的时候,比起时代祭的游行队伍,更愿意看背景中御所的苍翠松林和东山徐徐变化的山色呢。"

"在秀男看来,时代祭的游行队伍已经不新鲜了啊……"

"不,这不一样。"苗子加重了语气。

"……"

"游行队伍走过后,他让我一定要去家里一趟。"

"家里?是秀男的家吗?"

"嗯。"

千重子有些吃惊。

"他还有两个弟弟。他带我去了屋后的空地,说我们两个在一起之后,就在那里盖一栋小房子,尽量按照自己的喜好织布。"

"这不是挺好吗?"

"好?秀男是把我当成小姐的幻影,才要和我结婚的啊。我是女孩子,我很清楚。"苗子又重复了一遍。

千重子一边走,一边犹豫该如何回答。

峡谷旁的小山谷中,清洗杉树原木的女人们围坐在篝火旁休息,烘烤手脚,篝火升起烟雾。

苗子来到自己家门口。说是家,其实只是一间小陋屋。年久失修的茅草屋房顶倾斜,起伏不平。不过因为是村里的人家,倒是有一块小院子,任意生长的高大南天竹上结着红色果实。七八棵南天竹的枝条纠缠不清。

可是,这间寒酸的房子原本也会成为千重子的家。

路过这栋房子时,苗子的泪水已经干了,不知道是否该对千重子提起这个家。千重子是在母亲的老家出生的,恐怕从来没有在这里住过。就连苗子都是在父亲去世后,又因为失去了母亲,才在婴儿时期在这里短暂住过一段时间,甚至没有留下清晰的记忆。

幸好千重子完全没有注意到这栋简陋的房子,而是抬头看着杉山和一排排摆得整整齐齐的杉树原木,径直走了过去。苗子没有提到这个家的事情。

笔直的树干末端残留着少量圆形的杉树叶子,千重子觉得那是"冬花",其实那确实是开在冬天的花。

大多数人家都在屋檐边和二楼摆着一排剥皮洗净,打磨光滑的杉树原木晾晒。那些白色的原木根部被一丝不苟地对齐,整整齐齐地排列着。这幅景色就很美了,也许比任何墙壁都要美。

杉山上,树根旁边的野草也枯萎了,粗细均匀的树干笔直优美。斑驳的树干之间还能看到天空。

"冬天更美啊。"千重子说。

"是吗?我看习惯了,没有感觉,不过到了冬天,杉树叶子会带上一层薄薄的芒草色吧。"

"就像花一样。"

"花,是花吗?"苗子抬头看着杉山,似乎有些意外。

走了一段时间后,两人看到一栋古雅的房子,大概是山里大地主的家。围墙低矮,下半部分贴木板,刷成暗红色,上半部分是白墙,屋顶用瓦片葺成。

千重子停下脚步:"这房子真气派。"

"小姐,我就住在这家,进去看看怎么样?"

"……"

"没关系的。我已经在这里住了快十年了。"苗子说。

千重子听苗子说了两三遍,说秀男是把自己当成千重子的替身和幻影,才想和自己结婚的。

要说是"替身",千重子自然明白。可是"幻影"究竟是什么意思呢?特别是作为结婚的对象……

"苗子,你总是说幻影幻影的,什么是幻影啊?"千重子严肃地说。

"……"

"幻影不是没有形状,摸不着吗?"千重子继续说,突然红了脸。苗子不仅是长相,恐怕全身各处都和自己一模一样,而她就要属于一个男人了。

"虽说如此,确实有一个没有形状的幻影存在吧。"苗子回答,"幻影存在于男人脑海、心头,或许还存在于其他我不了解的地方吧。"

"……"

"就算苗子到了六十岁,幻影中的千重子小姐多半还是像现在这样年轻吧。"

千重子没想到她会说出这番话。

"你还会想这些事情吗?"

"人们在任何时候都不会讨厌美丽的幻影吧。"

"也不一定。"千重子终于开口说。

"幻影无法冲破、无法践踏,如果动手,只会让自己摔倒吧?"

"嗯。"千重子在苗子身上也看到了嫉妒心,"真的有幻影吗?"

"就在这里……"苗子晃了晃千重子。

"我不是幻影,我和你是双胞胎。"

"……"

"既然如此,你还是要和我的灵魂做姐妹吗?"

"讨厌。我当然要做你的姐妹了。可是只有在面对秀男的时候……"

"你想多了。"千重子说着,微微低下头走了几步,"干脆咱们三个好好谈一谈,谈到大家彻底说清楚为止。"

"人们说的话——有时候是真心的,有时候也并非如此……"

"你疑心这么重吗?"

"不是的,只是我也有一颗女人的心……"

"……"

"周山那边的阵雨要来了吧?山上的杉树也……"

千重子抬起头。

"快回去吧,好像还要下冰雹呢。"

"我为了以防万一,带着雨衣来了。"千重子摘下一只手套给苗子看,"这只手不像小姐的手吧?"

苗子吃了一惊,用自己的双手包住了千重子的手。

阵雨是在千重子不知不觉间下起来的,也许就连住在村子里的苗子都没有注意。这不是小雨,和毛毛雨也不一样。

千重子听了苗子的话,抬头看着四面的山峰,景色冰冷朦胧。山脚下的杉树丛却显得越发清晰。

渐渐地,周围的小山仿佛被一层薄雾笼罩,彼此之间失去了界限。天空自然与春日的雾霭不同,或许可以说,眼前的景象更有京都的风情。

看看脚下,泥土已经有些湿润了。

渐渐地,山峦隐没在一层薄薄的灰色之中,仿佛被雾气笼罩。

不久后，雾气流淌进山谷，其中夹杂着几抹白色，是冰雹。

"快回去吧。"苗子看到那几抹白色后对千重子说。那些白色的东西称不上雪，而是冰雹，只是时而消失，时而增加。

山谷越来越昏暗，寒意也突然袭来。

千重子也是京都的姑娘，看到北山阵雨并不觉得稀罕。

"趁着变成冰冷的幻影之前快……"苗子说。

"又是幻影？"千重子笑了，"我带着雨具呢。冬天的京都天气变幻莫测，一会儿就停了吧。"

苗子抬头看天，紧紧握住千重子那只为了给她看而摘下手套的手说："今天就回去吧。"

"苗子，你真的要结婚了吗？"千重子说。

"就是，稍微想一想……"苗子回答。然后充满爱意地抚摸着千重子的手套。

在此期间，千重子说："到我家店里来一趟吧。"

"……"

"要来啊。"

"……"

"在店员都回去之后。"

"晚上吗？"苗子打了个寒战。

"住在我家吧。我父母也都知道苗子的事情了。"

苗子眼中浮现出喜悦，却依然在犹豫。

"至少一个晚上也好，我想和你一起睡。"

苗子站在路边，望着对面流下眼泪，努力不让千重子看到。可千重子怎么会不知道呢？

千重子回到室町的店里后，发现附近城里的天空只是布满了乌云。

"千重子，回来得正是时候，还没下雨。"母亲阿繁说。

"你父亲也在里屋等着呢。"

父亲太吉郎还没等千重子打完招呼，就探出身子问："千重子，那姑娘出什么事了？"

"嗯？"

千重子不知该如何回答。事情没办法用短短几句话说清楚。

"出什么事了？"父亲又问了一遍。

"嗯。"

千重子自己虽然明白苗子说的话，可是依然有弄不清楚的地方。秀男其实想和千重子结婚，因为无法实现而放弃，于是向和千重子长得一模一样的苗子求婚。苗子那颗少女的心敏锐地感觉到这一点，于是对千重子说了一番奇怪的"幻影论"。秀男是想用苗子弥补自己想得到千重子的愿望吗？千重子觉得这并非完全是自己的自恋。

但或许不仅仅是如此。

千重子没办法正面看着父亲，连脖子都羞红了。

"苗子那姑娘只是特别想见你一面吗？"父亲说。

"嗯，"千重子下定决心抬起头，声音微微颤抖，"大友家的秀男好像说想和苗子结婚。"

"什么？"

父亲观察着千重子,一时没有说话,似乎看透了什么。但是他并没有说出口:"是吗,和秀男?如果是大友家的秀男,那倒是不错。缘分真是奇怪,这也是因为千重子你吧。"

"父亲,但是我觉得她不会和秀男结婚。"

"嗯?为什么?"

"……"

"为什么?我觉得挺好啊……"

"不,不是不好,父亲,你还记得吗?你在植物园里问过我,让秀男做我的丈夫怎么样?苗子那姑娘好像知道这件事。"

父亲心下震动,沉默不语。

"父亲,哪怕只有一个晚上也好,让她在我们家住下吧,我求求你了。"

"行啊。这算什么……我不是说了,要我收养她也没问题嘛。"

"她绝对不会来的,只会来一个晚上……"

父亲怜惜地看着千重子。

两人听到母亲关防雨窗的声音。

"父亲,我去帮忙。"千重子站起身来。

雨声打在瓦片屋顶上,几乎不会发出声音。父亲一动不动地坐在原地。

水木龙助、真一兄弟俩的父亲请太吉郎在园山贡院的左阿弥吃晚餐。冬季白天短,从高处的宴席俯视城中,已经有人家点上了灯火。天空灰蒙蒙的,没有晚霞。城里除了星星点点的灯火外,也是一片灰暗。这就是京都冬天的色彩。龙助的父亲是室町的一位大批发商。他是老板,为人强硬可靠,今天却迟迟开不了口。他在犹豫些什么,一直在用无聊的传闻打发时间。

"其实……"稍稍借着酒劲,他才开了口。就连优柔寡断,沉迷于厌世情绪的太吉郎都基本猜到了水木要说的话。

"其实啊……"水木依然支支吾吾的,"你听小姐说过我家那个冒失鬼龙助的事了吧?"

"虽然我没什么出息,不过我很清楚龙助的好意。"

"是吗?"水木似乎轻松了一些,"那小子和我年轻的时候很像,说出口的话,任谁劝都听不进去,真让人头疼……"

"我倒是很感激。"

"你这么说,我也能松一口气。"水木用手抚了抚胸口,认真鞠了一躬,"请你原谅。"

太吉郎的店虽然日益萧条,不过让同行业里,特别是年轻人来帮忙,依然是一件耻辱的事。如果说龙助是去见习,那么以两家店铺的规模来看,倒是反过来了。

"虽然我很感激……"太吉郎说。

"但是龙助不在店里,你们会很为难吧……"

"哪里。龙助只是稍稍听过、看过些做买卖的事,什么都不懂。这话让父母说不太好,不过要说踏实,他倒是个踏实的孩子……"

"嗯,他来到我家店里,突然板着一张脸坐在了掌柜面前,真是吓了人一跳。"

"他就是这种人。"水木说完,又闭上嘴喝起酒来。

"佐田先生。"

"唉。"

"要是能让龙助每天去贵店帮忙的话,弟弟真一也能渐渐独当一面了,这也是帮了我一个忙。真一是个温柔的孩子,直到现在,龙助还会有事没事就开玩笑地叫他'稚儿',不过这好像就是真一最讨厌的事情了……因为他以前在祇园祭上坐过鉾车嘛。"

"他是个漂亮的孩子,和我家千重子从小就是朋友……"

"千重子小姐啊……"水木又说不出话来了。

"那个,关于千重子小姐……"水木重复了一遍,语气简直像是在生气,"你怎么培养出了一个那么漂亮优秀的姑娘啊。"

"不是父母的功劳,那孩子本来就优秀。"太吉郎坦率地回答。

"我想佐田先生已经知道了,虽然贵店和我们家很像,但是龙助提出想去帮忙,是因为想在千重子小姐身边多待一会儿,哪怕是半个小时、一个小时也好。"

太吉郎点了点头。水木摩挲着和龙助形状相似的额头,低下头说:"我儿子虽然不成器,不过挺能干的。这绝非我强求,不过要是千重子小姐什么时候觉得龙助这小子也不错,万一她有了这样的想法,我知道这个请求未免唐突,可是能请你把龙助收作上门女婿吗?我会废除他的继承权……"

"你要废除继承人?"太吉郎大惊失色,"把大批发店的继承人……"

"看着龙助近来的样子,我觉得继承家产并不是一个人的幸福所在。"

"感谢您的盛情,可这种事情还是按照两个年轻人的想法来定吧。"太吉郎避开了水木的热情,"千重子是弃儿。"

"弃儿又怎么了。"水木说,"总之,希望佐田先生记着我这番话,让龙助去贵店帮帮忙怎么样?"

"好。"

"多谢,多谢。"水木的身体仿佛也放松了下来,连喝酒的样子都不同了。

从第二天早晨开始,龙助一来到太吉郎的店里,就召集掌柜和店员盘点库存——香云绸、白绸、刺绣绉绸、细纹绉绸、绫子、和服、铭仙绸、罩衫、宽袖和服、中袖和服、短袖和服、金线织花锦缎、缎子、高级特殊引印染布料、礼服、腰带、内衬绸、和服装饰……

龙助只是看了一眼,什么都没有说。掌柜从上次开始就觉得龙助不易亲近,而且在他面前抬不起头来。

龙助拒绝店里的挽留,在晚饭前回去了。

到了晚上,苗子轻轻敲响了格子门。只有千重子听见敲门声。

"啊呀,苗子,天气从傍晚就变冷了,难得你过来。"

"……"

"不过能看到星星啊。"

"千重子小姐,我该怎么和令尊令堂打招呼呢?"

"我和他们都说好了,你只要说你是苗子就好。"千重子搂着苗子的肩膀一边向里走一边问,"晚饭吃过了吗?"

"我吃了寿司来的,不用麻烦了。"

虽然苗子有些拘谨,不过千重子的父母还是目瞪口呆,不敢相信竟然会有如此相像的两个姑娘。

"千重子，你们俩去里屋二楼好好说说话。"母亲阿繁体贴地说。

千重子拉着苗子的一只手穿过细细的走廊，来到里屋二楼点起暖炉。

"苗子，你来一下。"千重子招呼苗子来到镜子前，仔细观察两人的长相。

"真像啊。"千重子心中涌起一股热流，然后和苗子换了个位置说，"真是一个模子刻出来的，唉。"

"我们是双胞胎嘛。"苗子说。

"如果所有人都生双胞胎，会变成什么样子呢？"

"会总是认错人，很麻烦的吧。"苗子后退一步，眼眶湿润了，"谁都不会知道自己的命运啊。"

千重子也退后到苗子身边，使劲晃了晃苗子的双肩说："苗子，你不能一直留在我家吗？我父母也是这样说的……虽然我不知道你在杉山里过得有多悠闲，可我一个人好寂寞……"

苗子踉跄了一下，仿佛站不住似的跪坐在地。然后她摇了摇头，眼泪落在膝头。

"小姐，我们现在的生活不同，教养也不一样。我没办法在室町过日子的。就一次，我只到贵店来一次就好。我想让你看看你送给我的和服……而且，小姐你也不要再去杉山里了。"

"……"

"小姐，我的父母扔掉的婴儿是你，而我对此一无所知。"

"这些事情我早就忘记了。"千重子毫不在意地说,"我现在已经不觉得有过那样的父母了。"

"我觉得双亲或许都受到了惩罚……虽然我那时只是个婴儿,还是要请你原谅……"

"苗子你有什么责任和罪过呢?"

"虽然我没有责任和罪过,但是我之前也说过吧。我一点儿都不想妨碍小姐的幸福。"苗子的声音低了下去,"我会彻底消失。"

"我不要这样……"千重子激动地说,"感觉好不公平……你不幸福吗?"

"不,我好寂寞。"

"幸福是短暂的,寂寞是长久的,不是吗?"千重子说,"我们躺下吧,我想再和你说说话。"她从壁橱里拿出被褥。

苗子一边帮忙,一边侧耳倾听屋顶上的声音说:"幸福就是这个样子吧。"

千重子见苗子在仔细听着什么,也停下了动作问:"下阵雨了吗?还是冰雹?雨夹雪?"

"不太清楚,可能下小雪了吧?"

"雪……"

"很安静嘛。或许都称不上下雪,只是零星的细雪。"

"嗯。"

"山上的村子里经常下这种细雪,我们干活时,不知不觉间,杉树叶子上就盖上了一层像花一样的白雪,冬天枯萎的树木上,一根根纤细的枝条都被染成了白色,可好看了。"苗子说。

"……"

"有时候雪会很快停下,有时候会变成冰雹,有时候还会变成阵雨……"

"打开防雨窗看看怎么样?一下子就能知道了。"千重子想要起身,苗子抱住她说:"不要去。会冷的,而且会幻灭。"

"幻影、幻呀什么的,苗子你总是提到这个字呢。"

"幻?"

苗子美丽的面孔上露出微笑,却蒙上了一层淡淡的忧愁。

千重子正准备铺床,苗子急忙说:"千重子小姐,让我为你铺一次床好吗?"

两个床铺并排摆好,可千重子却一声不响地钻进了苗子的被褥中。

"啊,苗子你真暖和。"

"毕竟我们干的活不一样,住的地方也……"

于是苗子紧紧抱住了千重子。

"这样的夜晚会变冷吧。"苗子似乎完全不觉得冷,"细雪纷纷扬扬地飘落,然后停下,又纷纷扬扬地飘落……今晚……"

"……"

父亲太吉郎和母亲阿繁好像也上楼走进了隔壁的房间。他们上了年纪,会用电热毯暖床。

苗子把嘴靠在千重子耳边窃窃私语:"千重子小姐的床已经焐暖和了,去我旁边睡吧。"

在那之后，母亲把纸拉门拉开了一条小缝，偷偷看了看两个姑娘的卧房。

第二天早上，苗子起得很早，她摇醒了千重子说："小姐，这是我这辈子最幸福的时候了。我会在没被人看见的时候回去。"

正如苗子昨天晚上说的那样，纷纷扬扬的细雪一晚上时停时下，今天早晨，天气有些寒冷。

千重子起身说："苗子，你没带雨具吧？等一下。"她拿出自己最好的一件天鹅绒外套和折叠伞，还有一双高齿木屐，全都给了苗子。

"这些是我送给你的，还要再来啊。"

苗子摇了摇头。千重子抓着红格子门，久久目送着苗子离开。苗子没有回头。几片细雪落在千重子的刘海上，很快就融化了。城市依然在静静地沉睡。

译后记

《古都》连载于昭和三十六年（1961年）十月八日到三十七年（1962年）一月二十三日。据川端康成自己的说法，他在创作《古都》前，滥用安眠药的情况已经达到了非常严重的程度，以至于在刚刚完成《古都》后，因为突然停药而被送进医院，十天没能恢复意识，醒来后才知道自己曾经并发了肺炎和肾炎。

川端康成称，自己忘记了创作《古都》时的大部分记忆，称这本书是他"异常的产物"。

或许这件事可以解释《古都》的戛然而止，仿佛故事刚刚开始，书中却再也没有后续。

千重子与苗子的四次相遇推进了整个故事。第一次邂逅的舞台在祇园祭的一天夜里，神前的相认仿佛是两人的宿命。千重子从苗子口中得知了自己的身世，双胞胎的血缘让两个姑娘在第一次见面时就充满了对彼此的爱意。

其后两次，两人见面的舞台来到了苗子工作和生活的北山杉村中。千重子见到了与自己血脉相连的地方，似乎终于明白自己为什么从小就向往这些挺拔高大的杉树。同样是在这里，苗子告诉了她秀男向自己求婚的事情。

最后一次，苗子终于来到了千重子家的店铺。两人同床共枕，秉烛夜谈。可第二天一大清早，苗子还是毅然决然地选择离开。两人的未来或许正如文章一开头的两株紫花地丁那样，近在咫尺，却无法相见。

文章在这样一个冬日的清早戛然而止，留下了太多太多的疑问。千重子和苗子究竟还会不会再见？秀男能不能和苗子结为夫妻？他究竟是真的爱上了苗子，还是仅仅将她当成自己无法得到的千重子的幻影？而千重子在水木家的两兄弟真一和龙助之间究竟会选择谁？

若是从情节上来说，这篇小说似乎并不完整，可仔细想想，生活不就是如此吗？无论截取其中任何一段，都一定会有前因，会有后续。而且当我重新回顾整个故事，才惊觉所有人不过是京都的陪衬，这篇小说的主角正如题目中明明白白显示的那样，是这座"古都"。

故事走过四季，走过大大小小的节日，祇园祭、五山送火、时代祭，走过京都的大街小巷，清水寺、平安神宫、中京、西阵、北山、祇园上七轩甚至京郊的嵯峨山，完完整整地呈现出这座集古雅与现代为一体的城市。

我曾经于2014年在京都留学一年，同样完完整整地经历了一整个四季轮回，文中的一幕幕节日景象历历在目，时光仿佛在这座城市中停止，六十年前创作的小说与现代京都，甚至千年前的那座古老都城融合在了一起，如同时代祭上的游行队伍一样在我眼前徐徐走过。

与令时间静止的节日祭典不同，时代的变迁深深烙印在整部小说的各个细节中。叮当电车即将拆除，曾经代表新时代的西方新事物已经老朽。西阵的纺织厂里，机械化的工厂正在逐渐取代手工织机，千重子家生意的逐渐萧条象征着古老技艺即将成为历史，变成保存在展览馆中的文物。

秀男和太吉郎的争吵将新旧时代的碰撞推向高潮，太吉郎不喜欢融入西洋特色的图案,他骨子里是保守的,是尊崇传统的,所以南禅寺附近的白花胡枝子比起植物园中美军种下的郁金香更能吸引他的目光。可是就连醉心于古代织锦的太吉郎,都被时代的浪潮裹挟,学起了保罗·克利的画风,秀男直截了当地指出了他的矛盾:"足够花哨,足够华丽,也很新颖""虽然一眼看去很有意思,但是缺少精神上的温暖与协调,总觉得是疯狂而病态的"。

真一和龙助同样可以看作是遵循传统和走向现代的碰撞。真一的"稚儿"身份充满了象征意义,他身上一直充斥着京都古老传统的气息,所以龙助直到现在还偶尔戏称他为"稚儿"。在需要帮朋友为美国人的夫人做向导时,龙助代替了害羞的真一,与外国人谈笑风生。在龙村的店里,龙助还教导千重子对掌柜厉害一些,摒弃了日本老字号商铺的大家庭形式,尊崇西方公司股份制的公事公办。

千重子始终夹在这两个人之间,幼年时的真一在她心中永远是美丽的,是值得向往和追寻的,可是当龙助向她提出建议时,她毫不犹豫地接受了,不想像父亲那样抱着传统退隐山林,而是想要寻求另一条出路。

住在北山杉村中的苗子看起来更接近传统,更接近自然,可她比千重子更清楚这些都是人工种植的树木。

"这些树都有四十年左右的树龄,马上就要被砍了做成柱子什么的了。如果继续长下去,应该会继续变粗变高吧,我偶尔也会想到这些。我更喜欢原生林,这个村子就像在做鲜切花一样的东西……"

她寄住在一个富裕的家庭,"说不定拥有杉山的人会比中等规模和服批发商更有家底",她会建议千重子为家里的生意帮把手。可她依然固执地认为自己与千重子身份不同，固执地称千重子为小姐，认为双胞胎的身份会给千重子带来麻烦，哪怕双胞胎不幸的思想早已过时。

这一对姐妹同样置身于矛盾的旋涡之中，她们如此相似，如此相爱，却不得不在挣扎，仿佛整个古都的命运都在她们身上体现得淋漓尽致。

20世纪60年代的日本正值蒸蒸日上的发展时期，京都更是成为具有日式风情的标志性城市，引来了众多游客的目光。传统与现代的冲击大规模地展现在所有人面前，在千重子描述的夜游路线中充分显示出来。

"可是当客人来到大厅，虽然确实有人出来招待，不过就是一个大盘子上放着一排排粗糙的茶杯，负责招待的人把盘子放下就走了。也许里面有尼姑在吧，不过动作快得根本看不清……茶也是温的，太让人失望了。"

"走进寺庙里，不知道什么地方会传来琴声，我朋友说不知道是真的有人在弹，还是录音机的声音……"

"然后客人们去看祇园舞伎，舞伎确实在歌舞场里跳了两三曲，可真不知道那是哪里来的舞伎。"

"她们虽然系着垂带，但衣服看起来特别寒酸。"

在西方和现代化的冲击下，一切都在追求快速和新颖，传统文化中的美被磨灭，被消费，沦落成形式与符号。正是因为如此，那份坚持的美显得更加炫目，更加精致。就像上七轩的舞伎小千那样，虽然需要时间的磨砺，但就像太吉郎所说的那样，只要还愿意坚持，"这姑娘无论去了哪里，都会成为一流的舞伎吧"。

《古都》的美或许正是源于这份冲击下的脆弱感，厚重的历史沉淀出的坚韧，以及京都人心中的温柔和爱带来的希望吧。

佟凡

2021年6月